쾅	궁	🍂	벅	윙	짜	휘	냐	겨	헝	어	🍂
앗	번	량	맹	런	옹	샤	령	🌰	아	람	미
🌰	우	리	가	아	주	예	뻤	을	때	옹	히
구	문	상	혜	이	🌰	께	리	링	곳	랏	하
덩	🍂	신	웅	하	렁	고	🍂	백	에	🌰	허
공	어	현	터	문	투	랑	토	라	곳	개	라
혀	더	이	상	도	토	리	는	없	다	그	락
깡	넛	왕	🌰	쪄	거	밤	짜	🍂	샤	샷	걸
윙	헝	싱	미	허	진	희	여	댜	세	한	쌍
🌰	전	냥	혜	겨	껑	업	엇	덜	겨	밤	🍂
황	황	혜	홀	혜	캬	🍂	방	컹	컹	에	할
드	영	샀	뱡	갸	해	채	샹	거	락	만	컹
잿	미	옷	🌰	웃	링	내	핫	리	🌰	난	양
항	혜	홀	회	짜	멍	기	거	는	공	두	얏
🍂	헝	껑	최	상	희	싱	캉	존	쩡	사	겅
랍	김	몽	귀	믄	🌰	러	티	재	컨	람	랴
엉	려	끄	랑	반	짜	햐	깅	🍂	허	희	정
유	령	이	머	무	는	슢	계	항	삐	고	가
겐	🍂	희	명	믄	햐	쩡	🌰	샥	영	쩍	얼
둥	양	영	게	앗	작	휘	김	해	원	🍂	림
샹	렁	유	벡	🌰	웬	쳐	키	랏	뭔	터	셩

꿈꾸는돌
33

더 이상 도토리는 없다
도서관 소설집

최상희 김려령 김해원 신현이 이희영 허진희 황영미

2022년 8월 26일 초판 1쇄 발행
2024년 3월 20일 초판 5쇄 발행

펴낸이 한철희 | 펴낸곳 돌베개 | 등록 1979년 8월 25일 제406-2003-000018호
주소 (10881) 경기도 파주시 회동길 77-20 (문발동)
전화 (031) 955-5020 | 팩스 (031) 955-5050
홈페이지 www.dolbegae.co.kr | 전자우편 book@dolbegae.co.kr
블로그 blog.naver.com/imdol79 | 트위터 @Dolbegae79 | 페이스북 /dolbegae

편집 이하나
표지 디자인 김민해 | 본문 디자인 김민해·이연경
마케팅 심찬식·고운성·김영수·한광재 | 제작·관리 윤국중·이수민·한누리
인쇄·제본 상지사 P&B

ISBN 979-11-91438-75-8 (44810)
ISBN 978-89-7199-432-0 (세트)

책값은 뒤표지에 있습니다.

더 이상 도토리는 없다

도서관
소설집

———————
최상희
———————
김려령
———————
김해원
———————
신현이
———————
이희영
———————
허진희
———————
황영미
———————

돌베
개

차
례

더 이상
도토리는
없다

최상희

최
상
희

『그냥, 컬링』으로 비룡소 블루픽션상을,
『델 문도』로 사계절문학상을 받았다.
장편소설『마령의 세계』,
소설집『바다, 소녀 혹은 키스』
『B의 세상』『닷다의 목격』등을 썼다.

오늘을 얼마나 기다렸는지 모른다. 나는 지난밤 싸 놓은 짐을 다시 점검했다. 세면도구, 수건, 휴대폰 충전기, 과자 세 봉지, 젤리 세 개, 생수 한 병, 그리고 여름 침낭. 침낭까지 필요하냐고 엄마는 한 소리 했지만 결국은 사 줬다. 엄마 말대로 필요 없을지도 모른다. 잠이 들 것 같지 않다. 베개는 필요 없다. 베고 잘 건 널렸으니까. 다시 생각해도 역시 잠은 안 올 것 같다.

배낭 지퍼를 닫는데 단톡방에 메시지가 떴다.

—어디야?

차미다.

—집, 이제 나가려고

—편의점 앞에서 만나자

—ㅇㅋ

'모두 읽음'으로 표시됐지만 오란은 대답하지 않았다. 그래 놓고 아, 왜 이렇게 늦어, 거북이야, 뭐야, 하고 편의점 앞에서 기다리고 있다 눈을 부라릴 거다.

"안 돼, 안 돼. 택도 없어."

내 가방을 검사한 뒤 차미와 오란이 입 모아 외쳤다.

"모자라?"

차미가 내 오른쪽 어깨에 손을 올리고 말했다.

"자신을 과소평가하지 마."

오란이 내 왼쪽 어깨에 손을 올리고 말했다.

"무엇을 상상해도 그 이상으로 먹을 수 있어."

우리에게 먹을 시간은 저 하늘의 별만큼이나 무수히 많다고 오란이 말했다. 그 말을 들으니 가슴이 웅장해지는 기분이 들었다. 오란과 차미는 다 쓸어 담을 기세로 편의점 안을 누볐다. 그 기세에 휩쓸려 나도 소시지와 버터 오징어 구이, 캬라멜 팝콘, 초코 볼 같은 것을 주섬주섬 바구니에 주워 담았다. 오란과 차미가 흐뭇한 미소를 짓는 걸 보니 제대로 골랐나 보다. 오란과 차미의 말을 듣는 게 좋다. 둘은 경험자니까. 우리는 나란히 학교로 걸었다. 학교 가는 발걸음이 이렇게 경쾌하기는 초등학교 3학년 때 깜빡하고 가방을 집에 두고 등교한 이후로 처음이다. 심장이 두근거리고 아무것도 아닌 말에도 와하하 웃음이 터졌다. 드디어 '책의 밤'이 시작된다.

'책의 밤'은 말 그대로 밤새 책을 읽는, 도서부의 유서 깊은 행사다. 도서부가 주체가 되어 진행하는데, 여기에 독서토론부와 문예부가 합세하고 개인 신청자도 소수 참가한다. 참여 인원은 대략 50명 정도, 장소는 도서관. 1년에 딱 하루 열리는 행사의 날짜는 매년 정해져 있다. 여름 방학 시작하는 날. 올해도 마찬가지다. 작년에도 도서부였던 차미와 오란은 '책의 밤'이 두 번째다. 올해 도서부에 가입한 나는 처음이다.

도서관은 봄날 꿀벌통처럼 웅성웅성했다. 다들 들뜬 분위기가 역력했다. 7시가 되자 선생님들의 지시로 자리에 앉았다. 도서부 담당인 사서 선생님과 독서토론부와 문예부 담당인 국어 선생님 두 분이 행사에 참관한다. 도서부 17명 중 참가자는 13명, 4명은 학원과 개인 사정 등으로 빠졌다. 독서토론부가 19명, 문예부가 10명, 여기에 개인 신청자가 7명, 모두 49명이다. 도서부 주최인데도 독서토론부에 비해 인원수로 열세다. 원래 도서부가 인기 없는 동아리니 할 수 없다. '책의 밤'은 도서부 증원을 목적으로 만든 행사라는 소문도 있었다. 사서 선생님이 이미 공지된 일정을 다시 짚어 줬다. 일단은 밤새 책 읽는 게 주된 내용이지만 그게 다는 아니다. 이런저런 프로그램이 행사가 끝나는 다음 날 아침 8시까지 촘촘하게 짜여 있다. 그 첫 번째 순서는 작가 강연이었다. 7시 반이 되자 어색한 웃음을 띤 작가님이 도서관으로 들어왔다. 만나서 반갑습니다, 하는 작가의 인사에 박수 소리가 터졌다.

주로 SF 소설을 쓰는 작가는 독서토론부에서 강력 추천했다고 한다. 고등학생 대상 강연은 처음이라는 작가님은 마치 자신의 소설에 등장하는 외계 종족을 보듯 우리를 시종일관 흥미로운 눈으로 바라보았다. 말이 안 통한다는 점에서는 비슷할지도 모르겠다. 강연 내용은 괜찮았다. 내 인생의 주인공은 나라든지, 청소년은 무엇이든 할 수 있고 뭐든 될 수 있는 가능성이 있으니 마음대로 꿈을 펼쳐 보라는 말 같은 걸 하지 않은 점이 제일 괜찮았다. 그런 말은 질색이다. 그런 소리를 하는 사람은 청소년기를 거치지 않았거나 청소년기가 너무 괴로워서 스스로 최면을 걸어 망각한 게 아닌가 싶다. 아니면 어른이 되면 지난 시절은 죄다 장밋빛으로 보이는 건가. 슬쩍 고개를 돌려 보자 차미가 동그란 안경 너머 몽롱한 눈으로 배시시 웃었다. 차미 옆에 앉은 오란은 눈도 깜빡이지 않고 뚫어져라 작가 얼굴을 바라보고 있었다. 졸고 있는 게 분명했다. 9시 10분, 박수 소리와 함께 강연이 끝났다.

잠시 쉬는 동안 선생님들이 간식을 나눠 줬다. 빵과 마카롱 하나씩, 오렌지주스 한 팩. 좋아하는 빵을 고르느라 작은 소동이 일었다. 나는 얼떨결에 집은 야채빵을 차미의 소보루빵과 바꿨다. 할머니 입맛 같으니라고, 오란이 말했다. 그렇게 말한 오란의 손에는 단팥빵이 야무지게 쥐어져 있어서 차미와 나는 흐응, 하고 웃었다. 바로 다음 순서가 이어졌다. 행사의 하이라이트, '추적의 밤'이다.

우리 학교 뒤는 나지막한 야산으로 이어진다. 슬렁슬렁 걸어도 10분이면 정상을 정복할 수 있다. 미술 시간에 야외 수업한다고 올라가 봤기 때문에 확실하다. 정상에서 내려다본 풍광은 시시해서 고흐의 풍경화 같은 그림이 나올 리 만무했지만, 냄새만은 꽤 근사했다. 바람이 쏴아 불자 하얀 꽃이 흔들리며 사방에서 달콤한 내음이 풍겼다. 아카시아 향이라고 했다. 야산치고는 숲이 울창하고 산책로가 잘 정비되어 있다. 그 숲에 오늘 밤 토끼가 숨어 있을 것이다. 전설에 따르면 칠흑 같은 어둠 속, 토끼는 희미하게 발광하고 있다. 우리는 밤을 더듬어 토끼를 추적하게 된다. 추적 시간은 10시부터 단 한 시간. 사서 선생님이 카운트다운을 시작했다. 도서관은 긴장과 설렘으로 터져 나갈 듯하다. 선생님이 외쳤다.

시작! 아이들이 대포알처럼 밖으로 튀어 나갔다. 밤을 향해 모두 달려간다.

10여 분 뒤 우리 셋은 학교에서 좀 떨어진 편의점에 자리를 잡았다. 선생님에게 걸릴 염려 없을 위치다. 컵라면이 익길 기다리며 데운 만두를 나눠 먹었다. 차미와 오란의 말에 의하면 토끼 사냥은 타이밍이다. 힘 빠지길 기다리는 게 관건이라고 했다. 역시 경험자. 다 생각이 있었던 거다.

"그 얘기 들었어?"

"무슨 얘기?"

내 질문에 차미가 만두를 오물거리며 되물었다.

"몇 년 전, 토끼 추적 나갔다가 영영 안 돌아온 애가 있었다던데."

"그런 일이 있었다면 행사가 없어졌겠지."

아. 차미 말을 듣고 보니 그런 것 같다.

"그럼, 그 얘기는? 우리 학교 학생이 아닌 애가 몰래 참가해서 밤새 있었다는 게 진짜야? 개인 참가자인 줄 알았는데 나중에 보니 아무도 모르는 애였다고 하던데."

"말도 안 돼. 선생님들이 눈은 폼으로 달고 있겠냐."

역시. 차미는 참, 가끔 무섭도록 예리한 구석이 있다.

"세상천지에 밤새워 책 읽고 싶은 애가 어딨대? 편한 집 놔두고. 두루미야, 뭐야."

오란의 말에 거기서 두루미는 왜 나오느냐고 차미와 나는 어이가 없어서 막 웃었다. 라면이 다 익었다.

"다람쥐, 오늘 나타났을까?"

차미가 젓가락으로 라면을 휘휘 저으며 말했다.

"금요일이니까 왔겠지."

대답하고 난 오란의 입으로 면발이 거세게 빨려 들어갔다.

도서관 다람쥐. 도서관에서 책을 몰래 숨겨 놓는 사람을 가리키는 말이다. 책을 독차지하려고 다른 사람이 찾지 못하게 엉뚱한 곳에 숨긴다. 그래 놓고 자기가 숨긴 곳을 까맣게 잊는다. 마치 가을 내내 알뜰히 모은 도토리를 숨겨 두고 잊어버리는 다람쥐처럼. 그래서 도서관 다람쥐라고 부른다. 전혀 다른 곳에 꽂거나 책머리 위에 살짝 눕혀 놓거나 책등이 안으로 향하게 반대로 꽂아 두거나 꽂힌 책들 뒤로 숨기는 등, 수법은 다양하다. 그 결과 도서관의 생태계는 교란되어 버린다. 도서관 다람쥐가 숨겨 놓은 책을 우리는 도토리라고 불렀다. 이렇게 제자리를 이탈한 도토리들은 도서관에 분명 있지만 없는 책이 된다. 사서와 도서부원들은 업무와 학업을 중단하고 무수한 날 동안 서가를 쥐 잡듯 뒤지지만 블랙홀에 빨려 들어간 듯, 끝끝내 나타나지 않는 책들이 있다. 다람쥐라니, 얼토당토 않다. 다람쥐는 귀엽기나 하지. 게다가 아무 피해도 주지 않는다. 제 욕심 채우자고 함께 보는 책을 몰래 숨기다니, 생각만 해도 음침하다.

최초로 도토리를 발견한 건 5월 말이었다. 물론 전에도 도토리는 종종 있었다. 책을 아무 데나 던져 버리고 가는 애들은 많다. 처음에는 그런 도토리라고 생각했다. 하지만 6월 둘째 주가 되자 평범한 도토리가 아니라는 생각이 들었다. 도토리는 매주 금요일 오후에 발견되었다.

우리 셋은 거의 매일 수업이 끝난 뒤 도서관에 들렀다. 사서 선생님을 도와 책을 정리하고 어머나, 얘들아, 너무너무 고맙다, 하며 선생님이 서랍 속에 감춰 둔 간식을 꺼내 주면 못 이기는 척하고 날름 받아먹는 게 팍팍한 학교생활을 달래는 소소한 낙이었다. 알고 보니 과자는 뇌물이었다. 그제야 선생님의 속셈을 깨달았으나 때는 이미 늦었다. 간식의 늪에 깊이 빠져 버린 우리는 뻔질나게 도서관을 들락거렸다. 도서관은 일이 많았고 늘 손이 부족했다. 우리 학교 도서관은 책이 5만여 권에 달했다. 장서 보유 수로 전국에서 손꼽힐 정도다. 신간을 부지런히 사들이니 책에 라벨 붙이고 도장 찍고 서지 사항 입력에 책 정리, 신간 안내 게시판 만드는 것만도 큰일이다. 여기에 각종 행사 계획까지, 일이 끊이지 않았다. 그래서 도서부가 인기가 없었다. 도서부에 가입하는 애들은 장차 사서가 되고 싶거나 봉사 점수를 챙기려는 실속파가 많았다. 진짜 책을 좋아해서 가입하는 애들도 드물게 있긴 했다. 그 드문 경우가 바로 차미와 오란이었다. 그렇게까지 책을 좋아하는 건 아니야, 하고 차미와 오란은 극구 부인했지만 나는 믿지 않았다. 좋아하지 않는데 그토록 탐욕스러운 눈으로 책을 바라볼 리 없다. 나로 말하자면 가위바위보에 젬병이라 도서부가 됐다. 원하는 모든 동아리 가입에 가위바위보로 탈락했던 것이다. 어영부영 도서부가 됐지만 차미와 오란과 친해지며 도서관에 눌러살다시피 하다 급기야 도토리 수색까지 하는 처지가 됐다.

금요일마다 발견되는 도토리들에는 일정한 패턴이 있었다. 우선 숨기는 방식이다. 주로 000~500번, 그러니까 백과사전류와 철학, 종교, 사회·자연과학 분야 책장 사이에서 발견되었다. 도서부원이 아니고는 여간해서 접근하지 않는 곳이다. 꽂는 형태는 책등이 뒤로 가게, 책들 위에 깊숙이 눕혀 두었다. 어이없을 만큼 쉽게 눈에 띈다. 마치 날 발견해 달라는 듯. 물론 도토리 찾기에 혈안이 된 도서부원의 눈에는 그렇다는 얘기다. 도서부원이 아니라면 좀처럼 눈치채지 못할 음습한 수법이었다. 그런 도토리가 늘 세 개, 아니 세 권이었다. 우리는 의심했다. 그 세 권의 책은 우연이나 부주의의 산물이 아닌 것 같았다. 도토리는 분명 의도를 지니고 있었다. 그게 뭔지 아직 모르지만.

"첫 번째 도토리들은 셋 다 동화였지."

오란이 후루룩 라면 국물을 들이켜고 나서 말했다. 차미가 코끝으로 흘러내린 안경을 살짝 밀어 올리며 한 권은 소설이었다고 정정했다.

5월 마지막 주 금요일에 등장한 첫 번째 도토리들은 『엄청나게 시끄러운 폴레케 이야기』 1권과 『클로디아의 비밀』, 그리고 『나는 아무 생각이 없다』였다. 앞의 두 권은 동화, 나머지 한 권이 소설이다. 도서관에는 그림책과 동화책도 제법 있었다. 차미는 동화 두 권 다 초등학교 때 읽었지만 내용이 가물가물하다고 했고 오란은 『클로디아의 비밀』만 읽은 기억이 있다고 했다. 우리는 세 권이 첫 번째 도토리라는 걸 뒤늦게 깨닫고 대출해서 돌려 읽었다.

"주인공들이 다 또라이야."

오란이 날달걀을 라면에 깨뜨려 넣으며 말했다. 오란은 라면 국물을 다 마신 뒤 면을 날달걀에 비벼 먹는 걸 좋아했다. 달걀이 면발을 부드럽게 코팅해서 풍미를 살린다며 내게도 한입 권했는데 아무래도 오란은 풍미와 비린내를 구분 못하는 것 같았다.

"『나는 아무 생각이 없다』에서는 주인공 부모가 이상하잖아. 진짜 아무 생각이 없으시던데."

"그 책에 나오는 사람들은 다 또라이야. 특히 난 그 교장 마음에 들어. 또라이 대마왕이야, 뭐야. 세상천지에 그런 교장이 어디 있냐?"

"그러니까 소설이지."

나는 만두를 삼키며 두 사람의 이야기를 들었다.

"작가들은 진짜 너무 세상 물정을 몰라. 야, 우리 아이스크림 먹을까?"

오란의 말이 떨어지자마자 우리는 신나서 냉장고로 달려갔다. 오란은 포도 쭈쭈바, 차미는 초콜릿으로 덮인 하드, 나는 바닐라 맛 아이스크림콘을 골랐다. 나는 아이스크림을 핥으며 첫 번째 도토리들을 계속 생각했다. 다 또라이 같다는 오란의 말은 주인공들이 매력적이라는 뜻일 게다. 주인공 모두 10대 여자, 집에 크고 작은 문제들이 있고 둘은 가출하고 하나는 가출 안 하는 게 이상할 정도. 세 권 모두 꽤 재밌다는 데는 우리 셋 다 이견이 없었다.

"맞아, 두 번째 도토리들도 주인공이 모두 여자였지."

오란의 말에 나는 깜짝 놀랐다. 귀신이야, 뭐야. 꼭 내 속을 들여다본 것 같다. 나는 막 두 번째 도토리의 주인공들에 대해 생각하던 참이었다. 오란이 나를 향해 씩 웃더니 와작, 얼음을 깨물었다. 가끔 오란은 이런 식으로 사람을 놀라게 한다.

"모두 그래픽 노블이었고."

차미의 말대로였다. 6월 첫째 주 금요일에 나타난 두 번째 도토리는 셋 다 그래픽 노블이었다. 그때 수상하다고 여겼어야 했지만 그래픽 노블을 좋아하는 애가 읽다가 아무 데나 던져 놓고 간 줄로만 생각했다. 『고스트』, 『스피닝』, 그리고 『왕자와 드레스메이커』. 역시 똑같은 방식으로 숨겨져 있고, 비슷한 장소에서 발견됐다. 우리는 첫 번째 도토리 때처럼 뒤늦게 대출해서 돌려 읽었다. 모두 독특한 이야기들이었다. 『고스트』는 자매가 '죽은 자들의 날'에 망자들을 만나고, 『스피닝』은 외로운 주인공이 묵묵히 피겨 스케이트를 타는 내용이며, 『왕자와 드레스메이커』는 말단 재봉사가 왕자를 위해 근사한 드레스를 만들어 주는 이야기였다. 커밍아웃을 한다는 게 공통점일까 싶었지만 한 작품은 예외였다. 매우 유명한 작품들이고 작가들의 수상 경력이 화려했다. 그게 무슨 의미를 지니는지는 알 수 없었다. 의미를 찾자면 그 뒤로 도서관에 그래픽 노블이 상당히 늘었다. 차미와 오란이 경쟁이라도 하듯, 신간 신청 목록에 그래픽 노블을 엄청 추가했기 때문이었다. 도서부원의 보람이라면 신간 신청 목록에 의견을 낼 수 있고 신착 도서를 제일 먼저 대출할 수 있는 거였다.

6월 둘째 주 금요일에 도토리를 발견했을 때 우리는 확신했다. 누군가 일부러 책을 숨기는 게 분명했다. 세 번째 도토리들은 칼 세이건의 『코스모스』, 레이첼 카슨의 『침묵의 봄』, 오정희의 『새』였다. 이번엔 대번에 공통점을 알아차렸다. 매우 유명하지만 아무도 읽지 않는 책이라는 점이었다. 차미와 오란은 그중 단 한 권도 읽어 본 적 없다고 했다. 책을 그렇게까지 좋아하지 않는다는 두 사람의 말을 나는 그제야 수긍했다. 차미와 오란은 음식은 박애주의자처럼 먹었지만 책은 편식이 심했다.

두 사람은 추리 소설광이었다. 심지어 오란은 추리 소설 외에는 거의 읽지 않았다. 그것도 오직 고전 추리 소설만 읽었다. 미스 마플과 포와로, 셜록 홈스와 뒤팽, 엘러리 퀸 등이 나오는 탐정 소설. 현대 추리 소설은 탐정이 나오지 않거나 나오더라도 '오서독스'한 맛이 없다고 했다. 오서독스가 무슨 말인지 몰라 찾아보니 '정통적'이란 의미였다. 과연 빵은 단팥빵이 최고라는 대쪽 같은 취향의 오란다웠다. 게다가 오란은 같은 소설을 읽고 또 읽었다. 스물세 번이나 읽은 소설도 있다고 했다. 그에 비하면 차미는 잡식성으로 칠 수 있었다. 차미는 현대 추리물이나 스릴러, 미스터리물까지 두루 섭렵했고 오란은 영 손이 안 간다는 일본 추리 소설도 읽는 것 같았다. 덕분에 나도 추리 소설을 꽤 읽게 됐다. 재밌지만 두 사람처럼 푹 빠져들 만큼은 아니었다. 뭐랄까, 추리 소설을 읽다 보면 내가 바보가 된 기분이 든다. 줄줄이 늘어놓은 단서에도 나는 안 보여, 나는 안 들려, 하다가 홈스가 "범인은 이 안에 있어!" 하고 의

기양양하게 외치면 자넨 역시 천재야, 하고 쓸쓸하게 읊조리는 왓슨의 심정이라고나 할까.

우리는 세 번째 도토리들도 대출해서 돌려 보았다. 『코스모스』는 우주와 별, 『침묵의 봄』은 환경 문제를 이야기한 책이었다. 과학서인데도 딱딱하거나 지루하지 않고 매우 아름답고 우아한 글이라는 점에 놀랐다. 아름답기로 치면 『새』가 으뜸이었으나 소설이다. 부모에게 버림받은 어린 남매의 이야기. 내용 면에서는 오히려 첫 번째와 두 번째 도토리 쪽에 가깝다. 차미는 『코스모스』와 『침묵의 봄』도 결국은 인간에 대해 말하고 있다는 의견을 냈다. 그렇게 치자면 도서관에 있는 책의 90프로, 아니 98프로쯤은 해당한다. 어떤 책이 인간과 무관할 수 있을까.

세 번째 도토리 출현 이후로 우리는 더는 심상하게 넘길 문제가 아니라고 판단했다. 그렇다고 사서 선생님에게 알리기엔 애매했다. 아예 없어진 것도 아니고 잘못 꽂힌 책은 제자리에 돌려 놓으면 된다. 그게 도서부원들이 할 일이었다. 게다가 다람쥐를 잡는다고 해도 딱히 뭘 할 수 있는 것도 아니다. 사서 선생님이 주의를 주는 정도일 테다. 우리는 일단 좀 더 지켜보기로 했다. 그리고 도토리의 의도와 의미를 파악하는 데 집중했다. 만약 그런 게 있다면 말이다.

"이제 슬슬 올라가 볼까."

차미의 말에 잽싸게 쓰레기를 정리하고 편의점을 나섰다.

드디어 토끼 추적이다. 이상하게 어깨에 힘이 들어가고 콧바람이 풍풍 나왔다. 뜨거운 것과 찬 것을 한 번에 급히 먹은 탓일 게다.

편의점 앞에서 길을 건너더니 차미와 오란은 그대로 완만한 비탈길을 따라 걸었다. 산을 오르는 길은 여러 갈래인데 나는 이 길은 처음이었다. 왼쪽으로 울창한 나무가 하늘을 가리고 오른쪽 눈 아래로 주택 단지와 아파트가 이어졌다. 더위는 한층 누그러져 있었다. 이따금 선선한 바람이 숲 사이에서 불어오자 민트 향이 강하게 풍겼다. 오란이 뿌리는 모기약 냄새였다.

"작년엔 뭣 모르고 왔다 엄청 물렸지. 좀비야, 뭐야."

의기양양한 오란이 앞장서고 나는 뒤따르며 사방을 두리번거렸다. 희미한 가로등 불 아래 눈에 띄는 건 딱히 없었다. 이런 곳에 있을 리 없다. 전설에 따르면 토끼들은 어둠 속, 깊은 그늘에 숨어 있다고 했다. 남은 시간은 20분 정도. 토끼를 찾을 수 있을까. 두 사람은 느긋하기만 했다. 잠시 뒤 정상에 올랐다. 어둠에 잠긴 학교가 내려다보였다. 단 한 군데만 작은 사각형으로 빛나고 있었다. 도서관이다. 이렇게 보니 어째 좀 낯설게 보였다. 굉장히 멀리 온 기분이었다. 다른 애들은 다 돌아갔을까. 모두 토끼를 찾았을까.

"어, 저기."

오란이 어둠 속을 가리켰다.

"뭔가 희미하게 빛나는데."

차미가 말하는 쪽으로 나는 다급하게 고개를 돌렸다.

"어디, 어디?"

"아, 저거 저거, 저 나무 사이에 혹시 그거 아니니?"

나는 오란이 가리키는 곳으로 황급히 뛰어갔다. 커다란 나무. 짙은 어둠. 가로등 불빛은 없다. 그때 희미한 빛이 내 앞을 비춘다. 뒤돌아보니 오란과 차미가 휴대폰 불빛으로 밝혀 주고 있었다. 나는 유심히 나무 주위를 살폈다. 없다. 아무것도 보이지 않았다. 두 개의 불빛이 모여 한 군데를 밝혔다. 구멍이다. 검게 입을 벌린 듯한 구멍 속, 뭔가 있는 것 같다. 나는 차마 들여다보지 못하고 머뭇거렸다. 차미와 오란이 내 곁으로 다가와 구멍 안을 살폈다.

"손 넣어 봐."

오란이 나를 부추겼다.

"으, 싫어. 뭐 있으면 어떡해."

"그러니까 넣어 봐야지."

오란이 빙글빙글 웃으며 말했다. 갑자기 토끼가 싫어지는 것 같다. 원래도 별로 좋아하는 편은 아니었다. 슬슬 뒷걸음질 치는 나를 보고 차미가 씩 웃으며 말했다.

"그럼, 내가."

그러고는 차미가 구멍 속으로 손을 집어넣었다. 안이 꽤 넓고 깊은 모양이었다. 팔이 반 이상 삼켜진 채, 차미는 한참 구멍 속을 더듬었다. 나는 숨죽여 지켜보았다. 어둠 속에서 휘이익, 하고 긴 휘파람 같은 새소리가 불길하게 들려왔다. 갑자기와악! 하고 차미가 비명을 질렀다. 덩달아 나도 꽥 소리 질렀다. 나는 정신없이 차미의 팔을 잡아당겼다. 별로 힘주지 않았는데 차미의 팔이 쑥 나왔다.

"찾았다."

차미가 빙긋 미소 지었다. 차미의 손바닥 위에 야광 토끼가희미하게 빛나고 있었다. 오란의 웃음소리가 어둠 속으로 음산하게 퍼졌다.

가까스로 시간에 맞춰 도서관으로 돌아가니 멀리 복도까지시끌벅적했다. 토끼잡이에 성공한 사냥꾼들에게 시상식이 열렸다. 부상은 문화 상품권. 토끼를 두 개 찾은 애에게는 문화상품권 한 장에 '참 잘했어요' 스티커 하나가 주어졌다. 포획된토끼는 모두 37마리. 찾지 못한 토끼들은 여전히 어두운 숲속에 숨어 있다. 그렇지 않은 토끼도 있었다. 차미는 웬일인지 수여식을 빙글거리며 구경할 뿐, 끝끝내 토끼를 내놓지 않았다.

떠들썩한 시상식이 끝나자 잘 준비를, 아니, 책 읽을 준비를했다. 책상과 의자를 가장자리로 밀어 도서관 가운데를 비웠다. 이어 두 번째 간식이 등장했다. 쟁반 세 개에 가득 담긴 수박과 찐 옥수수에 함성이 터졌다. 수박은 차갑고 옥수수는 갓쪄 낸 듯 뜨끈뜨끈했다. 모두 바닥에 앉아 신나게 떠들며 실컷먹었다. 꼭 캠핑 온 기분이었다. 친구들과 캠핑 가 본 적은 없지만 아주 많이 다를 것 같지 않았다. 별로 웃긴 이야기도 아닌데 나는 자꾸 차미와 오란의 등을 두드리며 와하하 웃었다.

어느덧 시간은 자정이 훌쩍 넘었다. 양치하고 세수하라는 선생님의 지시에 다들 말 잘 듣는 유치원생처럼 세면도구를 들고 화장실로 향했다.

"너 그렇게 토끼가 좋냐?"

세수하고 도서관으로 돌아오는 길에 차미에게 물었다. 어, 차미가 대답하고 씩 웃었다.

"문상도 좋지만 야광 토끼는 엄청 귀여운 편 아닌가."

오란의 말에 차미와 오란이 마주 보며 싱긋, 웃었다. 뭔가 이상했다. 평소 두 사람이 귀엽다고 하는 건 밀크티 바닥에 깔린 타피오카 알갱이나 단팥빵에 박힌 깨나 코딱지 맛 젤리 같은 거였다. 그런데 토끼, 그것도 야광 토끼가 갑자기 귀여워 죽겠다니. 어쩐지 미심쩍다고 생각하며 나는 두 사람 뒤를 쫓아 갔다.

드디어 본격적으로 '책의 밤'이 시작됐다. 도서관은 불을 3분의 1쯤만 켜 놔서 어둑했다. 그 대신 필요한 사람에게는 헤드 랜턴을 빌려줬다. 우리는 헤드 랜턴을 쓰고 밤을 지새울 마땅한 자리를 물색했다. 소파는 이미 다 점령당한 뒤였다. 도서관 가운데에 담요나 침낭을 깔고 누운 애들도 있었다. 우리는 000번 총류와 100번 철학서 책장 사이에 자리를 잡았다. 가장 으슥한 곳이었다. 헤드 랜턴을 켜자 우리는 어둑한 바닷속을 헤엄치는 신비로운 생물체처럼 보였다. 조금 가오리 같았다. 우리는 나란히 책장에 기대어 앉았다.

"백과사전이 두꺼운 데는 다 이유가 있었어."

차미가 눈앞의 책장을 보며 말하자 오란이 맞장구쳤다.

"조류도감도 괜찮지, 식물도감이 더 나으려나. 난 베개가 높아야 잠 잘 오더라."

킥킥대며 우리는 조류도감과 식물도감을 눈으로 찾아냈다. 그쯤에 네 번째 도토리 중 하나가 있었다.

"네 번째 도토리들은 좀 이상했지. 아니, 수상했어."

차미의 말에 오란과 나는 고개를 끄덕였다.

6월 셋째 주 금요일에 발견된 네 번째 도토리들은 『기억 전달자』, 『체체파리의 비법』, 『흑거미 클럽』이었다. 도토리를 발견하고 오란은 엇, 하고 불시에 옆구리를 찔린 듯한 소리를 냈다. 도토리 중 하나는 오란이 매우 잘 아는 책이었다. 『흑거미 클럽』, 처음으로 추리 소설이 등장했다. 나머지 두 권은 SF 소설이다. 『기억 전달자』는 1학년 필독 도서라 우리 모두 작년에 읽었다. 오란과 차미가 듣도 보도 못한 책이라고 한 『체체파리의 비법』은 읽고 나서 셋 다 크게 충격받았다. 오란의 말에 의하면 미친 사람이 쓴 것 같다고 했다. 평소 오란이 꼽는 미친 작가는 에드거 앨런 포였다. 미치지 않고서야 그렇게 쓸 수 없다고 했다. 콧김을 거칠게 내뿜으며 말하는 걸 보니 분명 칭찬이었다. 네 번째 도토리들은 내용 면에서 공통점이 희박했다.

게다가 한 권은 다른 장르의 소설이다. 그런데 오란이『흑거미 클럽』을 쓴 아이작 아시모프가 'SF의 아버지'라고 불릴 정도로 유명한 작가로, '로봇의 3원칙'을 만들었다고 했다. 그렇다면 다람쥐는 SF 마니아 아닐까. 일리는 있었다. 추측이 맞는다면 세 번째 도토리 중 하나였던『코스모스』와도 연결점이 있다. 그때 오란이 반론을 제기했다.

"아니, 그건 트릭일 거야."

오란은 헬멧처럼 이마를 덮은 앞머리를 반으로 갈라 옆으로 넘겼다. 좀처럼 하지 않는 행동, 그건 바로 오란이 뭔가 골똘히 생각하고 있다는 뜻이었다.

"다람쥐는 오히려 추리 소설 마니아일 가능성이 커.『흑거미 클럽』까지 읽었다면 말이야.『흑거미 클럽』은 잘 알려진 추리 소설은 아니거든. 아저씨들이 모여서 술 마시고 저녁 먹으며 아저씨 농담이나 늘어놓고 사건은 늘 집사가 해결하지. 사건 자체도 대단하진 않아. 근데 기분 나쁜 건 내가 그 아저씨 농담에 피식피식 웃고 있다는 거지. 그 작가의 다른 소설들을 찾아봤는데 SF만 엄청 검색되는 거야. 심지어 추리와 SF를 결합한 소설도 썼더라. 나는 SF에는 별로 흥미가 없지만 읽자마자 알 수 있었어. 아, 이 사람 천재구나. 그런데 추리 소설은 왜 이 정도밖에 못 쓰는 걸까, 좀 부아가 났지. 추리 소설도 그리 나쁘지는 않지만 SF의 비범함에는 못 미친달까. 마치 SF를 쓰다가 이제 머리 좀 식혀 볼까 하고 슬슬 재미로 쓴 느낌이야. 추리 소설에 전력했으면 얼마나 좋아. 진짜 너무 안타깝더라고."

오란은 스티커 모으려고 열심히 산 빵에서 연달아 같은 스티커만 열두 개 나온 표정을 지었다. 차미와 나는 위로의 뜻으로 오란에게 말랑 곰 젤리와 매운 떡볶이 맛 과자를 권했다. 오란은 단 것과 매운 것이 세상을 구하리라는 믿음을 갖고 있었고 우리는 세상까지는 아니지만 오란은 구해 낼 수 있다고 믿었다.

다람쥐는 SF 혹은 추리 소설 마니아일지도 모른다. 아닐 수도 있다. 단정 짓기에는 이전 도토리들과의 연결 고리가 미약했다. 우리가 할 수 있는 건 다음 도토리가 나타나길 기다리는 것뿐이었다.

어김없이 나타났다. 6월 마지막 주 금요일에 발견된 도토리는 『파이 이야기』, 『파이 바닥의 달콤함』, 『크리스마스 푸딩의 모험』. 도토리를 보고 차미와 오란의 표정이 일순 환해졌다 미묘해졌다. 이번엔 두 권이 추리 소설이었다. 『크리스마스 푸딩의 모험』은 오란이 오서독스하다고 일컫는 탐정 미스 마플과 포와로가 등장하는 애거서 크리스티의 소설. 『파이 바닥의 달콤함』은 열한 살 소녀 탐정이 등장하는 이야기로, 차미가 오란에게 적극 추천한 바 있다. 오란은 요즘 나온 추리 소설치고는 제법 읽을 만하다는 심드렁한 평을 내렸지만 시리즈를 모두 독파했다고 한다. 과연 그럴 만했다. 화학을 사랑하고 독극물에 정통하며 우표 수집과 마술이 취미인 열한 살 소녀 탐정이라면 오란도 반하지 않을 수 없었을 것이다. 오란과 차미는 『파이 이야기』만 빌려 읽었다. 읽고 나서는 놀랐다. 당연히 애플파이 아니면 커스터드파이가 나오리라는 예상이 빗나갔기 때문이다. 파이는 원주율의 수학 기호이자, 주인공 이름이었다. 영화로도 만들어졌다고 해서 우리는 차미의 집에 모여 함께 보기도 했다. 영화를 보며 팝콘과 콜라를 잔뜩 먹어서인지 마지막에는 우리 모두 트림을 요란하게 하다 눈물까지 찔끔 흘렸다.

"뭐랄까, 다섯 번째 도토리들은 디저트가 들어간 제목으로 구색을 맞추려고 한 것 같아."

차미가 조심스럽게 감자 칩 봉지를 뜯어서 오란과 내게 내밀며 말했다. 주위는 고요하고 코 고는 소리만 간혹 들려왔다.

"그런데 하나는 푸딩이란 말이지. 거 뭐냐, 제목에 파이 들어가는 소설 많지 않냐? 구색 맞추기라면 더 그럴듯한 책도 있었을 텐데."

감자 칩을 와작와작 씹으며 오란이 말했다.

"맞아, 제목에 파이가 들어가는 소설은 제법 있어. 심지어 추리 소설도 있어."

차미의 말에 오란이 반색했다.

"아! 그 쿠키 만드는 탐정 나오는 소설?"

"맞아. 한나 스웬슨 시리즈. 거기에 『레몬머랭 파이 살인 사건』이랑 『블랙베리 파이 살인 사건』이 있어. 심지어 『자두푸딩

살인 사건』까지 있단 말이지."

　한나 스웬슨 시리즈는 쿠키와 케이크를 만들어 파는 카페 주인이 마을에서 일어난 사건을 해결하는 이야기로, 디저트를 제목으로 단 소설이 여러 권 있다. 차미의 추천으로 오란도 읽기 시작했지만 1권만 읽고 포기했다고 한다. 결혼하라고 주인공을 들들 볶는 주위 사람들 때문에 짜증 나서 더 읽을 수 없었다는 게 오란의 평이었다. 나는 한번 읽어 봐야겠다고 생각하며 책 이름을 휴대폰 메모 앱에 적었다.

　"이상해. 뭔가 신경 쓰여."

　오란이 중얼거렸다. 그러고는 헬멧 같은 앞머리를 거칠게 쓸어 넘기고 한곳을 가만히 응시했다. 오란의 눈빛은 어둠을 꿰뚫을 듯 오싹하고 한참 미동조차 없었다. 아무래도 조는 것 같았다. 내가 오란의 등짝을 내려치려는 순간, 검은 그림자가 우리를 향해 다가왔다.

　"여기들 모여 있었구먼. 열심히 책 읽고 있는 거 맞지?"

　사서 선생님이었다.

　"그럼요. 책이 술술 읽히는 중입니다요."

　오란이 무릎 위에 펼쳐 두었던 책을 파라락 넘겨 보이며 말했다.

　"그렇지. 조류도감만큼 흥미진진한 책도 없지. 너무 과식하진 마."

　선생님은 바닥에 늘어놓은 간식거리를 훑어본 뒤 우리가 바친 소시지와 젤리를 들고 킥킥 웃으며 옆 책장으로 건너갔다.

우리는 한때 사서 선생님을 의심하기도 했다. 우리가 얼마나 책을 잘 정리하는지 시험해 보려고 미끼를 던져 놓은 게 아닌가 싶었다. 하지만 사서 선생님은 그렇게 음흉하거나 교활한 사람이 아니다. 물론 모든 가능성을 열어 두고 의심할 수 있는 것은 다 의심해야 한다. 그러나 사서 선생님은 정말 아니라는 데에 우리 세 사람은 일찌감치 동의했다. 업무에 시달려 잔뜩 찌든 얼굴이 바로 결백의 증거였다. 도대체 다람쥐는 누굴까? 왜 이런 짓을 하는 건가?

"슬슬 시작해 볼까?"

차미가 말했다. 오란과 나는 고개를 끄덕이고 조용히 일어났다. 오늘은 7월 넷째 주 금요일, 패턴대로라면 도토리가 나타날 날이었다. 하지만 발견될 확률은 반반이다.

도토리는 6월 넷째 주를 마지막으로 더 이상 나타나지 않았다. 3주 동안 보이지 않은 것이다. 드디어 장난은 끝인가 싶었다. 시원하면서도 어째 섭섭했다. 도토리를 발견하지 못한 3주 동안 오란과 차미는 세상을 다 잃은 사람 같았다. 다람쥐의 정체도, 도토리의 의도도 밝히지 못했기 때문이리라. 도토리를 발견할 때마다 두 사람은 도대체 누가 이런 짓을 하는 거야, 하고 투덜거렸지만 눈은 반짝반짝 빛나고 입은 찢어질 듯이 함박웃음을 지었다. 기말고사가 끝난 뒤 도토리가 다시 나타나리라는 두 사람의 예상은 추측이라기보다 기대에 가까워

보였다.

　우리는 조용히 책장과 책장 사이를 누볐다. 잠든 아이들을 밟지 않으려고 조심하며 책장 하나하나 유심히 살폈다. 시간이 지날수록 다람쥐의 행동반경은 넓어졌다. 000번과 100번 책장을 벗어나 990번 전기류 책장까지 진출했다. 이번엔 어디일까? 과연 나타날 것인가?

　"있다!"

　차미가 흥분을 억누른 목소리로 말했다. 600번 예술 서적 책장, 위에서 두 번째 칸이었다. 잠시 뒤 오란도 발견했다. 880번 문학서 책장 제일 위 칸이었다. 세 번째 도토리는 좀처럼 보이지 않았다. 새벽 3시 반, 우리는 인정해야만 했다. 도토리는 두 개뿐이었다.

　도토리를 두고 차미와 오란의 표정이 복잡미묘했다. 『두 사람의 거리 추정』과 『그리고 아무도 없었다』. 두 권 다 추리 소설이었다. 『두 사람의 거리 추정』은 요네자와 호노부의 학원 탐정물, 고등학교 고전부 동아리 회원들이 소소한 사건들을 풀어 나가는 이야기다. 나는 차미의 추천으로 접했다가 시리즈 모두 읽은 바 있다. 『그리고 아무도 없었다』는 애거서 크리스티의 추리 소설, 바로 오란이 스물세 번 읽었다는 책이었다. 오란이 좋아하는 오서독스한 탐정은 나오지 않는다. 만약 그런 탐정이 나왔다면 서른세 번 읽었을 거라고 오란은 말한 적 있다.

우리는 찾아낸 도토리를 들고 000번과 100번 책장 사이로 돌아왔다. 갑자기 급격한 허기가 몰려왔다. 우리는 남은 과자 봉지를 분주히 뜯었다.

"역시 다람쥐는 추리 소설 마니아인 것 같은데."

소시지 껍질을 까며 내가 말했다.

"아니, 추리 소설은 레드 헤링이야."

오란이 오징어 다리를 거칠게 물어뜯으며 반론했다. 레드 헤링. '붉은 청어'라는 단어는 추리 소설에서 작가가 독자를 속이기 위해 심어 둔 장치를 뜻한다. 나도 추리 소설이라면 조금 읽고 있으므로 바로 알아들을 수 있었다. 자못 뿌듯했지만 차미와 오란은 알아차리지 못했다.

"추리 소설은 관심을 돌리려는 미끼일 뿐이야. 주목해야 할 건 추리 소설 외의 책들일 거야."

왜냐고 내가 물을 새도 없이 오란이 말을 이었다.

"안락의자 탐정의 시초, 모든 탐정의 시조새인 뒤팽의 말에 의하면 '무엇이 일어났는가'보다 '이제까지 일어나지 않았던 어떤 일이 일어났는가'를 생각해 봐야 한다고 했어. 도토리는 5월 마지막 주 금요일에 처음 나타났어. 그 전에는 그런 일이 전혀 없었지. 그렇다면 그게 뭘 뜻할까?"

"뭐야?"

뒤팽의 말까지 외우고 있다니 조금 오타쿠 같다고 생각하며 나는 물었다. 오란이 앞머리를 쓸어 넘기고 멍하니 한곳을 바라봤다. 한참 기다렸지만 오란은 대답하지 않았다. 속 터져 죽게 만들 작정인가. 참다 못해 내가 물었다.

"혹시 모르는 거야?"

"정답."

차미가 팝콘을 던져 헬멧 같은 머리에 가려 오랫동안 빛을 보지 못해 눈부시게 하얀 오란의 이마에 명중시켰다. 오란이 에헤헤, 웃으며 팝콘을 주워 입에 넣었다.

"분명한 건 도토리는 매우 자주 도서관을 드나드는 사람이라는 거지. 나, 팝콘 좀 더 줘 봐. 고수를 뿌린 낙지 탕탕이 맛팝콘? 이거 은근히 괜찮다?"

우리는 다람쥐의 정체와 도토리의 의미를 파헤치며 과자와 소시지와 오징어와 젤리와 초콜릿을 차례차례 해치웠다. 갑자기 기묘한 기운이 느껴졌다. 주위가 삽시간에 푸르스름하게 물들었다. 우리는 고개를 돌려 창밖을 봤다. 동이 트고 있었다. 그 순간 졸음이 덮쳤고 우리는 몇 차례 꿈틀거리며 반항해 봤지만 이내 항복하고 쓰러졌다.

이상했다. 바로 곯아떨어질 것 같았는데 잠이 들지 않았다. 내 양옆에 누운 차미와 오란은 평온한 얼굴로 잠들어 있다. 진짜 자는 건가. 나는 차미의 얼굴 위로 가만히 손을 흔들어 보았다.

"엄마 안 잔다."

차미가 잠꼬대처럼 말했다.

"잠 안 오냐? 조금 있으면 선생님이 깨울 텐데."

그래서인 것 같다. 이렇게 시간이 가는 게 아까웠다. 3학년은 동아리 활동을 자율 학습으로 대체하니 도서부 활동은 올해로 끝이다. '책의 밤'은 내게 처음이자, 마지막이 되는 거다.

"차미야."

"응?"

"너 왜 야광 토끼 안 내놓은 거야?"

잠시 뒤, 차미가 눈을 감은 채로 대답했다.

"작년에 말이지, 오란과 함께 죽어라 찾았거든. 다른 애들은 잘도 찾아 내려가는데 우리 눈에는 안 보이더라고. 진짜 눈에 불을 켜고 찾는데 없어. 그러다 시간이 다 돼서 할 수 없이 산을 급하게 내려가다 내가 넘어졌어. 완전 대자로 엎어졌는데 저만치 풀숲 사이에 희미하게 빛나는 야광 토끼가 보이더라. 아픈 줄도 모르고 신났지. 문상 받으면 편의점에서 한턱 쏘겠다고 오란한테 큰소리까지 쳤는데 이상하게 내놓기 싫은 거야. 왠지 모르지만 그랬어."

"부상까지 당하며 찾았으니 내놓기 아까웠던 건가?"

"그런지도 모르지. 오란도 아무 말 않더라. 그리고 다음 날 아침에 둘이 산으로 올라가서 야광 토끼를 숨겼어. 그 나무에 말이야. 왜 그랬는지는 모르겠어. 그냥 그러고 싶었어. 1년 뒤에 있나 보러 오자고 오란과 약속했어. 그리고 약속대로 지난밤 찾아낸 거지."

그랬구나. 간밤의 미심쩍던 행동들이 조금 이해가 됐다.

"그럼, 그 야광 토끼 또 숨길 거야?"

"글쎄, 그건 잘 모르겠어."

눈을 감은 채로 웃으며 차미가 말했다.

나는 한참 차미의 얼굴을 바라보았다. 차미는 그대로 잠든 모양이었다. 몸을 돌려 똑바로 눕자 하얀 천장이 보였다. 그 아래로 짙은 나무색 책장, 책장 사이로 누운 아이들, 000번과 100번 책장 사이에서 밤을 보낸 우리 셋. 이 모든 걸 언제까지 기억할 수 있을까. 가만히 눈을 감자 눈꺼풀 위로 빛이 아른거렸다.

"녹주야."

잠든 줄 알았던 차미가 내 이름을 불렀다.

"응?"

"'눈에는 눈, 이에는 이'라는 말 알지? 나도 하나 대답해 줬으니까 너도 대답해 줘야 한다."

"어?"

"너 왜 도토리 숨겼어?"

창밖에서 새 지저귀는 소리가 희미하게 나고 책장 너머에서는 나직하게 코 고는 소리가 들려왔다. 차미와 나 사이에 잠시 정적이 흘렀다. 나는 고개를 돌려 차미의 얼굴을 바라봤다. 알고 있었구나.

"어떻게 알았어? 언제부터 안 거야?"

"눈에는 눈, 이에는 이라고 했는데, 질문을 두 개나 더 하다니 반칙인데."

그러면서도 차미는 대답해 주었다.

"도서관 다람쥐는 당연히 도서관에 빈번히 드나드는 사람이야. 우리보다 더 도서관에 오래 있는 사람은 사서 선생님 말고는 없어. 선생님은 예외로 했지. 그럴 이유나 동기가 희박했으니까. 이상한 점은 도토리를 발견하는 건 언제나 우리 셋이라는 거였지. 다람쥐는 반드시 우리가 도토리를 발견할 줄 알았던 거야. 이런 정황들로 미루어 내린 결론은, 믿기지 않았지만……."

차미는 잠시 말을 멈췄고 나는 마른침을 삼켰다.

"다람쥐는 우리 셋 중 하나라는 거야. 물론 나는 아니야. 오란도 아니지. 너도 알겠지만 오란은 고전 추리 소설 외에는 손도 안 대니까. 그렇다면 남은 사람이 바로 다람쥐. 여기까지는 추측일 뿐이야. 그런데 말이야, 내겐 확실한 증거가 있어. 사실 어제 종업식 끝나고 네가 도서관에 들어와 도토리를 숨기는 걸 봤거든. 어때? 반박할 텐가, 다람쥐?"

침묵이 대답이 되어 줬다.

"자, 이제 말해 줘. 왜 그런 거야?"

왜 그랬을까. 잠시 뒤, 나는 머뭇거리며 대답했다.

"나도 잘 모르겠어. 나쁜 뜻은 없었어. 그냥…… 찾아 줬으면 했어. 발견하지 못하면 내가 다시 제자리에 꽂으려고 했어.

하지만 꼭 발견하리라 생각했어."

진심이었다. 두 사람이라면 반드시 발견하리라 생각했다. 그리고 내 예상보다 훨씬 더 열심히 두 사람은 찾아 주었다.

"니네, 왜애 그으으렇게 떠어드는 거언데. 어깨걸이극락조야, 뭐어야."

오란이 동면에서 깨어나는 동굴 속 곰처럼 말했다. 어깨걸이극락조가 거기서 왜 나오느냐며 차미와 나는 풋, 웃었다.

"그런데 녹주 넌 제일 좋아하는 책이 뭐야?"

오란이 눈을 비비며 하품을 한 뒤 느긋하게 물었다.

"응?"

"도토리들은 네가 좋아하는 책들 아니었나. 마지막 도토리는 차미와 내가 제일 좋아하는 책이었고."

그랬다. 오란의 말이 맞았다. 나는 늘 추리 소설 이야기를 나누는 오란과 차미가 부러웠다. 그 사이에 나도 끼고 싶었다. 그래서 부지런히 추리 소설을 읽었지만 두 사람의 열의를 따라잡기는 역부족이었다. 그러다 생각했다. 내가 좋아하는 책을 같이 읽고 얘기할 수 있다면 얼마나 좋을까. 그래서 도서관 다람쥐란 트릭을 이용했다. 추리 소설 마니아인 두 사람이라면 다람쥐의 정체를 밝히기 위해 단서를 찾아 책을 읽으리라 짐작했고 예상은 적중했다. 하지만 역시 음흉한 꿍꿍이였던 것 같다. 두 사람에게 차마 사실대로 말할 수 없다. 나는 둘과 더 친해지고 싶었을 뿐이다. 그것만은 사실이다.

"혹시 우리에게 책을 권하고 싶었던 거야?"

불시에 옆구리를 찔린 듯했다. 차미의 예리함에 등골이 서늘해졌다.

"설마 그런 꿍꿍이 같은 게 있었을 리가. 두꺼비야, 뭐야."

거기서 두꺼비가 왜 나오느냐고 차미가 오란에게 핀잔을 주며 픽, 웃었다.

"이제 더 이상 도토리는 없는 건가."

오란이 봉지 바닥에 하나 남은 과자를 봤을 때처럼 아쉬운 목소리로 말했다.

"그래도 덕분에 즐거웠어, 다람쥐."

눈을 감은 채 차미가 빙그레 웃으며 말했다. 나도,라고 나는 속으로 대답했다. 갑자기 졸음이 밀려왔다. 나는 두 사람 사이에서 좀 더 누워 있고 싶었다. '책의 밤'은 아직 끝나지 않았다.

등단하고 얼마 뒤, 한 고등학교로부터 강연을 의뢰받았다. 시간 맞춰 학교 도서관에 도착했을 때는 이미 밤이었다. 그곳에는 50여 명의 학생들이 눈을 반짝이며 기다리고 있었다. 첫 강연이라 긴장해서 횡설수설했다. 꿈을 잊거나 잃지 않으면 최소한 꿈에 가까이 갈 수는 있다고 얘기한 것 같다. 그때 나는 막 작가가 된 터라 조금 의욕에 불타고 있었던 모양이다. 지금 생각하면 부끄러울 따름이다. 미숙한 강연임에도 학생들은 넙죽넙죽 호응해 주고 세상에서 제일 웃긴 얘기라도 들은 것처럼 박장대소했다. 내가 입담이 이렇게 좋았나. 아니다. 어떤 이야기라도 웃을 준비가 되어 있었다. 그날은 아이들이 1년 동안 기다리던 밤이었다. 도서관에서 밤새 책을 읽는다고 했다. 몹시 흥미로운 행사라는 생각이 들었다. 당시 나는 창작욕이 가득 차 있었으므로 이 행사를 소설로 써도 되냐고 물었고 학생들은 크게 기뻐하며 꼭 써 달라 했다. 나는 그러겠다고 약속했다.

그로부터 10여 년이 훌쩍 지난 뒤 이 이야기를 쓰게 되었다. 그때 내가 만난 학생들은 아마 대학을 졸업하고 막 사회생활을 시작했을 것이다. 꿈 같은 건 잊어버리거나 잃어버리고 그저 하루하루를 견디고 있을지도 모르겠다. 그러나 그날 밤, 밤새워 친구들과 책을 읽은 기억이 희미하게 남아 문득 떠오르는 날이 있을지도 모른다. 내가 잊지 않고 약속을 지킨 것처럼, 모두 안녕했으면 좋겠다.

최상희

우리가
아주

예뻤을
때

김
려
령

김
려
령

『기억을 가져온 아이』로 제3회 마해송문학상을
수상하며 작품 활동을 시작했다.
장편소설『우아한 거짓말』『가시고백』,
소설집『샹들리에』등을 썼다.
『내 가슴에 해마가 산다』로
제8회 문학동네어린이문학상,
『완득이』로 제1회 창비청소년문학상을 받았다.

1

초대장이 없어도 누구나 입장할 수 있었고, 적어도 우리 동네 사람이라면 벌써 다 다녀왔을 전시회였다. 그러나 나는 별도의 초대장을 받았음에도, 전시 기간이 며칠 남지 않은 오늘에야 비로소 오고 말았다. 서화선 방짜 유기 초대전. 도서관 1층 전시실. 서화선 옹은 우리 동네 놋그릇 공장 주인이자 내 친구의 할아버지다. 동네 뒷동산 아래 자락에 있는 허름한 공방. 동네 사람들은 편하게 놋그릇 공장이라고 부르지만, 옹은 놋쇠로 식기뿐 아니라 징이나 꽹과리 같은 악기도 만들고, 대야나 화병 같은 생활용품도 다양하게 만들었다. 공방에는 오래전부터 함께 일한 사람들이 몇 있다. 이들은 팔에 토시를 긴 차림으로 공방을 드나들었는데, 어릴 적에 나는 그 토시가 출입 허가증 같은 물건인 줄로 알았었다. 어른들은 늘 나의 공방 출입을 막았다. 그런데 하루는 공방에서 나온 사람들이 토시를 빼서 작업복 먼지를 툭툭 터는 모습을 본 것이다. 얼른 집으로 달려가 유치원에서 쓰는 내 팔 토시를 끼고 다시 갔다. 나는 이제 공방으로 들어갈 자격을 갖춘 것이었다. 물론 토시만으로 네다섯 살짜리 꼬마가 공방으로 들어갈 수는 없었다. 공방은 펄펄 끓는 쇳물을 다루고, 불에 달군 놋쇠를 두드리며, 기물을 갈고 다듬는 등 매우 위험한 일들을 하는 작업장인 탓이었다. 아마 내가 무척 서럽게 울었던가 보다. 그 때문에 옹이 나를 꼭 안고 개중 안전하다 싶은 곳만 데리고 다니며 공방을 구경시켜 줬다고 한다. 안타깝게도 나는 그때를 기억하지 못한다. 그러기에는 너무 어릴 적이었다. 단지 사람들이 그때 이야기를 자주 해서, 마치 내 기억처럼 떠올려서 말할 뿐이었다. 옹은 내게 그런 할아버지였다. 문화재청에서 인정한 유기장 보유자로서 우리 가현군의 명사이자 존경받는 어른이지만, 내게는 그저 편하고 마음씨 좋은 동네 할아버지일 따름이다.

옹의 전시회는 TV 지역 뉴스에도 군수가 추천하는 초대전으로 여러 번 소개됐고, 나도 영상을 통해 전시실 내부를 대충 보기는 했다. 조명 탓인지 영상 속 유기들은 우아한 예술품처럼 보였다. 저 밥공기가 저렇게 예뻤나. 둥글둥글 단순해서 더 은은하게 빛나는 금빛 식기들이었다. 그리고 이 전시회에서 유독 주목받은 소꿉놀이전. 방짜 유기라고 하면 보통 식기나 징 같은 악기를 먼저 떠올리게 마련인데, 옹의 전시회에는 소꿉 살림들이 등장했다. 실제의 것을 그대로 축소한, 옹이 지금껏 단 하나씩만 만든 방짜 소꿉 살림들이 중앙에 특별 코너로 자리하고 있었다. 그것이 바로 내가 별도의 초대장을 받은 이유였다. 그것들의 주인이 나였으므로. 나는 초대장이 든 가방을 괜히 만지작거리다 뒤로 돌려 버렸다. 너무 멋을 부리고 왔나. 교복이나 입고 올걸. 도서관 계단을 올라갈수록 가슴이 뛰었다. 나는 왜 이렇게 담담하지 못한가. 정원 때문이 아니라고, 진짜 아니라고, 저 위세 등등한 건물에 위축됐을 뿐이라고 애써 마음을 다잡았으나 생각만큼 쉽게 진정되지 않았다.

가현중앙도서관. 옆 도시 KTX 기차역을 작게 줄여서 가져다 놓은 듯한 통유리 건물이었다. 얼마나 흡사한지, 외관이 얼추 완성됐을 때는 진짜 KTX 역으로 오해한 사람도 꽤 있었다. 그중 대표적인 사람이 성길이 할아버지였다.

"내가 뭐랬냐? 군수를 잘 뽑으면 여기도 KTX 생긴다고 했지?"

"도서관이라고 몇 번을 말씀드려요. 철로도 없는 읍내에 기차역이 말이 돼요?"

"역사 짓고 나서 철로 놓겠지. 세상에 저렇게 큰 도서관이 어딨냐!"

"'도서관 건축'이라고 멀쩡하게 쓰여 있는데도 우기면 어떡해요."

"여기저기 있는 도서관은 왜 또 지어? 우리 군에 책 못 읽고 죽은 귀신 있대? 없는 걸 만들어야지! 그놈의 터미널이나 새로 짓든가. 군수를 잘못 뽑았어……."

읍내라고 해 봤자 낡은 건물투성이여서, 다들 어지간한 도시의 구시가지보다도 못하다고 했었다. 그런 곳에서 전체가 통유리인 건물은 단연 눈에 띄었다. 군민의 복합 문화 공간을 표방하고 들어선 도서관이었다. 우리 동네가 워낙 외곽 지역이라 읍내까지 일부러 나와 이곳에서 문화생활을 즐기기에는 다소 무리가 있지만, 그래도 나는 새로 생긴 도서관 덕에 연극이나 뮤지컬 같은 공연을 보러 군청 강당으로 가지 않아서 좋았다. 그런 걸 하면 학교에서 단체로 관람할 때가 있다. 그런데 군청으로 가면 '방역의 달'이니 '자진 신고 기간'이니 하는 벽보가 잔뜩 걸려 있다. 그러면 공연을 보러 온 게 아니라 현장학습을 온 느낌이었다. 하지만 작년에 이 건물 꼭대기 공연장에서 뮤지컬을 볼 때는 그렇지 않았다. 내가 세련된 문화생활을 즐긴 듯했다. 깨끗한 실내로 들어와 넓은 엘리베이터를 타고 곧장 도착한 공연장은, 공연과 관련된 물건들로만 꾸며져 있어 공연 외에 다른 걸 생각할 군더더기가 없었다. 모처럼 도시에 다녀온 기분이었다. 이런 곳에서 옹이 전시회를 연 것이다. 장소의 힘일까. 같은 전시여도 이곳에서 하면 좀 더 특별해 보였다. 그 까닭인지 KTX 역이 아니라고 성질냈던 성길이 할아버지도 전시회를 다녀와서는 다른 동네 사람들한테 침이 마르도록 자랑했다. 거기가 아무나 불러 주는 자리가 아니라고, 책도 많은 교양 있는 건물이라고, 우리 동네 옹이나 되니까 초대받는 거라고. 전시회 때문인지 건물 구경 때문인지는 모르겠으나, 성길이 할아버지는 벌써 여러 차례 다녀왔다. 그러고는 내게 왜 아직 안 가 봤느냐고 타박했었다.

"이제는 사람도 없더만, 신랑 혼자 두면 쓰나? 끝나기 전에 얼른 가 봐."

"……."

2

정원은 서화선 옹의 손자다. 우리는 태어날 때부터 신랑과 각시였다. 우리가 태어날 때 동네에 아이는 우리 둘뿐이었다. 정원은 봄에, 나는 가을에 태어났다. 그러자 누군가 뒷동산 산신령이 사람 없는 마을에 예쁜 신랑 각시를 내려 줬다며 덕담한 게 시작이었다. 아기 울음소리가 귀한 동네였던지라 그해 두 아이의 탄생을 길복으로 여긴 탓이었다. 6개월. 갓난아기 때는 그것이 꽤 큰 차이였는지 정원이 사용한 유아 용품을 내가 물려받기도 했고, 또 어떤 것들은 돌려쓰기도 했다. 어릴 적 사진 속의 우리는 늘 함께 있다. 한 이불을 덮고 자고, 함께 목욕하고, 함께 밥을 먹고. 걷기 시작하면서부터는 둘이 야무지게 손을 꼭 잡고 다녔다.

"솔이야, 가서 신랑 데려와."

"정원아, 각시는 어딨어?"

"누구니?"

"내 각시예요."

"누구니?"

"내 신랑이에요."

어른들이 먼저 그렇게 불렀고, 우리는 그것을 따라 했다. 그러는 우리가 귀여워서 계속된 농담이었을 텐데, 그런 농담을 지금까지 이어지게 한 것은 옹의 공이 가장 컸다. 앞으로는 밭이고 뒤로는 산인 동네에서 어린 우리가 놀 곳은 변변치 않았다. 오솔길에서 국도 변으로 방향만 틀어도 어른들이 위험하다며 못 가게 했다. 고랑 많은 밭은 밭대로, 비탈진 산은 산대로 위험했다. 우리가 놀기에 위험한 곳은 어른들이 "아서, 아서!" 하고 모두 차단했기에, 안심하고 놀 수 있는 데는 정원의 엄마가 지켜보는 공방 옆 전시장뿐이었다.

공방 역시 "아서!" 하고 제지당하는 곳이었으므로, 우리는 마당으로 들어서는 즉시 전시장으로 가야 했다. 전시장은 공방에서 완성한 기물들을 진열하고 보관하며 판매도 하는 곳이었다. 외지에서 오는 사람들은 십중팔구가 이 전시장을 찾았다. 그렇다고 북적북적한 것도 아니었다. 방문객은 그냥 가끔, 우리가 있어도 상관없을 만큼 뜸했다. 그 때문에 소파와 탁자는 늘 우리 차지였다. 우리는 반달 모양 수저받침들로 둥근 연못을 만들었고, 오리 모양 수저받침을 오리 가족 삼아 종일 놀기도 했다. 물론 그곳의 모든 물건을 마음껏 가지고 놀 수는 없었다. 방짜 유기 특성상 우리가 들기에는 무거웠고, 까딱하면 흠집이 생길지도 몰랐으며, 변색의 우려도 있었다. 그런 이유로 비닐 포장된 작은 제품들만 가지고 놀았다. 그래도 우리는 진열된 밥공기 앞에서는 맛있게 밥을 먹었고, 커다란 접시 앞에서는 아주 맛있는 케이크를 먹었으며, 전골냄비 앞에서는 근사한 주방장이 될 수 있었다.

"내가 불고기 열 개 만들어 줄게."

"나는 짜장면 백 개, 짠!"

"열 개가 많아."

"백 개가 많지. 하나, 둘, 셋, 넷, 다섯, 여섯, 일곱, 여덟, 아홉, 열, 백."

"하나, 둘, 셋, 넷, 다섯, 여섯, 일곱, 여덟, 아홉, 열. 또, 하나, 둘, 셋, 넷, 다섯, 여섯, 일곱, 여덟, 아홉, 열. 또, 하나, 둘, 셋, 넷……. 맞지?"

"정말 열 개가 많네?"

그러던 어느 날, 옹이 소파 옆에 세워 둔 내 장난감 카트를 끌고 다가왔다.

"같이 돌아보자. 뭐가 좋으려나."

옹은 둥근 밥공기와 꼭 닮은 작은 술잔을 밥그릇으로 내어
주고, 아담한 찻잔 접시와 종지들은 물론 다과용 숟가락과 포
크 등속까지, 우리가 무리 없이 가지고 놀 수 있을 만한 자그마
한 작품들을 살뜰하게 챙겨 주었다. 그리고 우리가 가지고 놀
던 오리까지. 그렇게 우리에게 한 살림을 마련해 준 것이었다.

방짜 유기는 구리 78퍼센트에 주석 22퍼센트를 합금해서
만든 놋쇠를, 불에 달궈 가며 수도 없이 두들겨서 만드는 전통
기물이다. 형태가 잡히면 표면을 반질반질하게 다듬는데, 완성
된 유기는 은은한 황금빛으로 반짝반짝 빛났다. 구리 한 근에
주석 몇 냥이라는 식의 옹의 말을 얻어듣고 자라 지금이야 방
짜 유기가 대략 이런 거다, 하는 것이지, 어릴 때 나에게는 그
릇 공장 할아버지가 챙겨 준 소꿉놀이 그 이상도 이하도 아니
었다. 오이밭에 가면 오이를 똑 잘라 주고, 딸기밭에 가면 딸기
를 입에 넣어 주는 동네 어른들의 그것과 같은 맥락으로 봤을
따름이다. 여하튼, 내 카트에 소꿉 살림이 생기면서 정원과 나
는 전시장을 벗어나 동네 곳곳을 다녔다. 누구네 집 마루로, 누
구네 집 대문 앞으로, 동네 정자로, 어느 키 큰 나무 아래로. 우
리가 카트를 끌고 가면 누군가는 꼭 한마디 했다.

"우리 신랑하고 각시, 어디로 가는 거야?"

"앵두나무집으로 가요."

"예쁜 집 구했네."

"이따가 상추 주세요."

"그려, 이삿짐 풀고 와."

사실 이때만 해도 사이좋게 지내라, 하는 수준이었을 것이다. 그런데 옹이 소꿉 살림을 점점 불려 주면서 여지없는 신랑 각시가 되고 말았다. 그 결정적인 계기는 당시 내 주먹만 한 요강과 세숫대야였다. 옹이 실물을 아주 작게 만들어 준 것이었다.

"새살림에 요것들이 빠지면 쓰나. 예쁘게 써라."

그것들을 본 동네 어른들도 저마다 한마디씩 했다.

"그렇지, 혼수에 요강하고 대야가 빠지면 안 되지."

"요강하고 대야가 방짜여? 신부네가 뭘 좀 아는 집이네, 하하하."

과거에는 요강과 세숫대야가 결혼 필수품이었다고 한다. 특히 그것들을 방짜 유기로 장만하면 신부 측의 안목을 인정받았을 만큼 가치 있는 혼수품이었다고. 그 시절을 살았던 어른들은 우리의 소꿉 살림에서 과거를 추억했고, 나와 정원은 명실상부한 신랑 각시가 되었다. 그 뒤로도 옹은 생각날 때마다 가마솥이나 절구 등을 선물하며 계속 살림을 늘려 주었다. 그때는 주니까 그저 좋았지만, 나중에 듣고 보니 그렇게 작은 기물을 만드는 게 보통 까다로운 작업이 아니었다. 우리가 쉽게 가지고 놀 수 있도록 가벼워야 했으며, 그 표면과 두께는 균일

해야 했고, 실물의 비율 또한 그대로 유지해야 했다. 요강 뚜껑처럼 골을 내면서 형태를 잡는 작업을 위해서는 망치까지 새로 만들었다고 하니, 옹이 우리의 소꿉 살림에 얼마나 많은 정성을 쏟았는지 알 만한 대목이었다. 장난감이라고 허투루 만들지 않고 실제와 똑같은 공정으로 똑같이 만든 것이었다. 우리의 소꿉 살림을 사람들이 작품이라고 부르는 이유였다.

3

우리는 국도 변에 있는 초등학교의 부설 유치원을 다녔고, 그 초등학교에 나란히 입학했다. 전교생이 60명도 채 안 되는 학교였다. 학년마다 학급은 하나뿐이었고, 6학년이 될 때까지 줄곧 같은 반이었다. 우리가 놀림을 당하기 시작한 건 아마도 4학년 때부터이지 싶다. 반 애들 역시 같은 유치원 출신이어서 우리를 잘 알았다. 손 꼭 잡고 다니면서 신랑 각시라고 불렀던 보현리 애들. 함께 천진할 때는 전혀 문제없었는데, 뭔가 알아가기 시작하면서 문제가 됐고 놀림거리가 되었다.

"알나리깔나리, 알나리깔나리, 얘네 둘이 결혼했대요."

두전리 이장 딸 송아림. 다른 애들은 재미로 몇 번 놀리고 말았는데, 얘는 저것을 양분 삼아 끈질기게 괴롭혔다. 송아림을 어떻게 정의해야 할까. 뼛속까지 악랄하고 지랄 맞은 애. 얘한테 당한 일들을 일일이 거론하고 싶지는 않다. 고작 여섯 명밖에 안 되는 반에서 애들이 뭐라고 하든 말든, 자기 심술에 자기가 못 이겼다. 그러니 다시 떠올리면 나만 괴롭다. 그래도 굳이 하나를 말해 보자면, 그러거나 말거나 무시하고 말았던 정원도 끝내 못 참고 폭발해 버린 사건이 있었다. 6학년이 막 시작됐을 무렵이었다. 내 돌잔치 때, 색동저고리를 입고 온 정원과 내가 뽀뽀하는 사진, 정자에서 소꿉놀이하는 사진 등을 송아림이 어떻게 구했는지, 그 사진들에 선정적인 말을 달아 우리 반 카톡방에 올렸다. 그러고는 만만하게 데리고 다니는 박주미와 이때부터 싹이 보였다는 둥 말을 주고받았다. 신랑 각시. 그리고 우리의 소꿉 살림들. 그것들을 증거 삼아 우리를 끝끝내 괴롭혔다. 그 때문에 뚜껑 열린 정원이 캡처한 사진을 프린트해서 송아림 얼굴에 던져 버렸다.

"평소에 뭘 보고 무슨 생각을 하면 아기들 사진을 보고 이따위로 말해. 사진 다 지우고 사과해. 안 그러면 너 나한테 차인 거 평생 말하고 다닐 테니까. 그건 사실이잖아. 네가 쓴 쓰레기 같은 말 캡처해서 영구 보관할 거니까 알아서 하라고."

그 와중에 언제 또 정원에게 사귀자고 했는지 우습지도 않았다.

"언제 그런 일 있었냐? 사귀지 왜?"

"저번 겨울 방학 때. 나는 개한테 사귀자는 말을 들은 내 귀가 불쌍해."

그런 초등학생 시절이었다. 하루하루가 끔찍했던.

그리고 중학생이 되었다. 우리 반 여섯 명은 중학교마저 다 같이 진학했다. 그래도 읍에 있는 학교여서 학급 수가 세 개나 됐고, 반 학생 수도 열두 명 안팎으로 늘었다. 우리는 3년 동안 세 개 반으로 흩어져, 같은 반이 되었다가 다른 반이 되었다가를 반복했다. 하지만 어차피 한 층이어서 거의 맨날 마주쳤다. 송아림과 나는 2학년, 3학년 동안 같은 반이었다. 1학년이 그나마 마음 편하게 다닌 때였다. 송아림과 반이 달라서가 아니었다. 정원 때문이었다. 교장이 서화선 옹과 가까운 사이였던 것이다. 방짜 유기 애호가여서 오래전부터 알고 지냈다고. 어쩐지 교장이 정원을 그렇게 반갑게 아는 척하더라니. 이상하게도 이런 소문은 무척 빨리 퍼졌다. 동시에 잘못 알려진 내용도 있었다. '국가 무형 문화재' 유기장 보유자라는 말이 어렵기도 하지만, 들어 본 듯 안 들어 본 듯해서인지 옹이 인간문화재라는 소문이 돌았다. 정원이 기능 보유자라고 정정했지만, 애들은 어차피 중요한 인물이라는 뜻이니 입에 잘 붙는 인간문화재라고 불렀다. 정원은 바로 그 인간문화재의 손자였다. 심지어 정원이 캡처한 송아림의 몹쓸 말이 까딱하면 교장에게 곧장 전해질 수도 있었다. 그것이 내가 1학년을 나름대로 편하게 지낸 이유였다. 하지만 1학년을 마지막으로 나의 평화로운 중학교 시절은 끝났다. 나는 최악의 2학년을 맞았다. 송아림은 나와 같은 반이 되었고, 정원은 읍내 쪽으로 전학 갔다. 송아림에게는 희소식이었고, 내게는 날벼락이었다. 다른 반인 박주미를 꼬셔서 둘이 다시 뭉쳤다.

"니네 정술 저거, 결혼한 거 아냐?"

"어머, 누구랑?"

"알면 다쳐."

나도 중학생 때는 악착같이 싸웠다. 정원은 송아림이 하는 말들을 소음으로 치라고 했지만, 소음으로 오명을 써서는 안 됐다. 가만히 있으면 그 자체가 수긍으로 인정되는 곳이 학교였다.

"공무원들 싹 다 잘라 버려야 해. 능력도 없으면서 뭐나 된 줄 안다니까. 군청이 제일 문제야. 누구네 아빠도 거기 말단이라던데."

"부러우면 너희 아빠도 공무원 하라고 해. 누가 들으면 이장이 대통령인 줄 알겠네."

"우리 아빠는 우리 군에서 최연소 이장 기록 세운 사람이야. 알고나 떠들어."

"그런 기록 세우면 전용기라도 받느냐고. 이장이 뭘 하기에 민원 들어오는 게 다 두전리야. 잘하면 최연소 기록, 최단기간에 잘린 기록으로 바뀌겠더라?"

그러다가 몸싸움이 나면 내가 더 맞아도 끈질기게 싸웠다. 그게 중학교니까. 이기고 지고의 문제가 아니었다. 누가 건들면 가만히 있지는 않는 아이가 되어야 버틸 수 있었다. 초등학생 때처럼 굴면 새로 사귄 친구들마저 잃을지 몰랐다. 같이 다니면 곧잘 시비가 붙어 피곤한데 맞서 싸우지도 못하는 아이. 그 때문에 친구들이 부끄럽지 않을 만큼 싸워야 했다. 그래야 내가 더 많이 맞았어도 위로받을 수 있었다. 집으로 돌아와 팡팡 눈물을 쏟을지라도.

정원이네가 분가해서 읍내로 나간 건, 공방 옆 전시장을 그쪽으로 옮겼기 때문이었다. 방문객 대개가 옹의 명성을 듣고 찾아오는데, 그렇게 온 김에 공방까지 보고 싶어 하는 것이다. 그러나 옹은 관계자가 아닌 사람이 작업장으로 들어오는 걸 좋아하지 않았다. 하지만 먼 곳에서 오는 경우가 대부분이어서 아주 거절은 못 했다. 참 이상한 게, 한가하다 싶으면 방문객이 없고, 일이 급하다 싶으면 꼭 누군가 찾아왔다. 그런 일이 반복되니 전시장을 아예 공방과 떨어뜨렸다. 이것이 내가 알고 있는 표면적인 이유다. 하지만 들리는 말로는 집안에 약간의 문제가 생겼다고 했다. 그랬기에 전시장을 따라 정원이네까지 분가한 거였다. 그래도 정원에게 따로 물어보지는 않았다. 읍내 전시장도 여전히 정원의 엄마가 도맡아 관리했다. 옹의 기술을 전수 중인 정원의 아빠는 아침마다 승합차를 끌고 공방으로 왔다. 그러고는 퇴근할 때 완성된 제품들을 싣고 돌아갔다. 정원은 처음에는 동네에 자주 왔지만 언젠가부터는 일이 있을 때만 다녀갔다. 우리는 가끔 읍내에서 만나기도 했고,

정원이 오면 집에서 게임을 하기도 했다. 하지만 그러는 일도 점점 줄었다. 어느새 뜸한 사이가 된 것이다. 내가 고의로 피했다는 건 인정한다. 함께 있는 모습을 더는 남에게 보이고 싶지 않았다. 같이한 행복했던 시절이 현재의 나를 너무 힘들게 했으므로 그때를 잊고 싶기도 했다. 나는 하루가 멀다고 입씨름하고 머리카락이 뭉텅 뽑힐 정도로 싸우는데, 저만 쏙 빠져나간 것도 서운했다. 홀로 막막하고 힘들었다. 너 이제 내 인생에 끼어들지 마. 정원에게 그렇게 말하고 싶었는지도 모른다.

나는 중3이 되고서야 비로소 송아림과의 싸움에서 휴전을 맞았다. 내가 지독하게 버텨 제풀에 꺾인 건지, 그나마 철이 든 건지는 모르겠다. 어쨌거나 송아림과 박주미는 자기들도 따로 다니며 전처럼 굴지 않았다. 하지만 언제든 다시 뭉칠 수 있는 애들이어서 늘 경계하며 긴장했었다. 그런 숨 막히는 중학교 생활을 겨우 마치고서야 고등학생이 되었다. 정원은 그쪽에 있는 고등학교로 진학했다. 나는 박주미와 또 같은 여고에 다니게 됐다. 다행스럽게도 송아림은 특성화고로 빠졌다. 여고생이 된 박주미의 변신은 놀라웠다. 착실해 보일 정도로 평범한 학생이 되었다. 나도 굳이 과거를 따지고 싶지는 않았다. 시간이 흐를수록 내가 이긴다. 과거는 본인들의 흑역사로 영영 남을 것이었다. 나는 충분히 지쳤다. 걱정 없이 학교와 학원을 오가는 것만으로도 좋았다. 그러던 어느 날, 학원 끝나고 집으로

와 보니 엄마가 내 소꿉놀이함을 꺼내 정리하고 있었다.

"뭐 해?"

"정원이 할아버지 중앙도서관에서 전시회 여신대. 특별 초대전이라더라. 근데 이것들도 같이 선보이고 싶으시단다. 너 오면 물어보라고. 엄마가 그랬지? 이거 굉장한 작품이라고."

"맘대로 해, 관심 없어."

"애는, 네 건데 왜 관심이 없니?"

"알았어, 알아서 해. 나 피곤해."

나보다 더 소꿉 살림들을 아끼는 엄마였다. 엄마는 종종 그것들을 꺼내 잘 닦은 뒤 식초 물에 담가 두고는 했다. 그때마다 속상했었다. 언제 봐도 예쁜 장난감인데 그것으로 놀던 시절로 놀림 받는 게 너무 싫었다. 그 때문에 소꿉 살림들은 예쁜 만큼 아픈 상처였다.

4

내 소꿉 살림들이 자리한 전시회. 그래도 끝까지 가지 않으려고 했다. 일주일만 더 버티면 끝날 전시회였다. 그런데도 오고 만 건 박주미에게서 들은 말 때문이었다. 선택적 기억상실증에라도 걸렸는지, 그동안 한 행동들을 싹 잊은 애처럼 내게 살갑게 다가왔다.

"솔아, 서정원네 할아버지 뉴스에 나오더라. 그 소꿉놀이 네

거 맞지? 되게 예쁘더라. 좋겠다. 우리 동네에는 왜 그런 할아버지도 없어. 근데 솔직히 지금 생각해도 그때 서정원 좀 멋있었던 것 같아. 걘 뭐래?"

"뭘?"

"송아림 찾아간 날."

"누가?"

"몰라? 서정원이 말 안 했어? 중2 때, 겨울 방학 앞두고 너 송아림하고 피 터지게 싸운 날 있잖아. 아 왜, 너 교복 다 찢어져서 체육복 입고 집에 간 날. 그날 서정원이 송아림네 찾아갔어. 너 괴롭힌 동영상도 갖고 있었대. 난 전희승이 몰래 찍었다는 데에 내 입시를 건다. 걔도 송아림 되게 싫어했잖아. 하여간, 송아림이 누구 딸이고, 그동안 어떻게 굴었는지 빽빽하게 정리했대. 그걸 군청 게시판에 입력한 상태로 폰 딱 보여 줬다잖아. 너한테 다시는 안 그런다고 약속하지 않으면 게시 버튼 누른다고. 송아림도 멍청해. 걔가 해외로라도 갔냐? 나 사실 받아먹은 게 있어서 그땐 어쩔 수 없었어, 미안해. 서정원이 이갈고 송아림 안 잡았으면, 내 유년기도 흑역사로 꽉 찼을 거야. 덕분에 손절 했다. 내 인생의 나쁜 짓은 개랑 다닐 때 다 했어. 서정원한테 차이고 나서 더 난리였어. 여하튼, 미안했다."

또 정원이었다. 송아림과 박주미가 어영부영 조용해졌으므로, 나는 그런 사실을 전혀 눈치채지 못했었다. 나도 참 바보였다. 나를 괴롭히는 애를 피하려고 나와 가장 친한 애까지 피했다. 그 친구는 뒤에서 날 도와주고 있었는데. 애가 왜 생색도 안 내냐. 하여간 그래서 왔다. 단지 내가 피한 게 있어서 불쑥 들어갈 수 없을 뿐이었다. 그렇다고 그냥 돌아가면 후회할 것만 같았다. 그래, 가 보는 거다. 미안하다고 하면 그만이지 뭐. 나는 헛기침을 한번 하고 드디어 도서관으로 들어갔다.

이미 와 봤지만 여기는 죄다 빛난다. 대리석 바닥도, 입구 좌측 전시실도, 우측 카페도. 이 도서관을 지은 사람이 유리를 지나치게 사랑했다. 전시실과 카페 벽도 온통 통유리였다. 유리 벽 너머로 차를 마시는 사람들이 보였고, 유리 벽 너머로 황금빛 방짜 유기들이 보였다. 내 소꿉 살림들은 잘 안 보였지만, 전시장 내부는 대략 훑어볼 수 있었다. 꽃 모양 접시들이 장식품처럼 세워져 있고, 세숫대야를 이용한 꽃꽂이도 단순한 듯 세련됐다. 물론 접시가 예쁘든 세숫대야가 세련됐든, 그게 문제가 아니었다. 서정원. 정원이 전시실에 홀로 있었다. 의자에 앉아 오로지 창밖만 바라보는 것이다. 나는 단지 도서관에 왔을 뿐이니까, 그런 날 정원이 알아보고 먼저 말을 걸면 무척 자연스러울 텐데. 정원은 이쪽을 바라볼 생각도 하지 않았다. 결국 전시실로 들어가지 못하고, 그대로 지나쳐 안쪽 로비까지 가 버렸다. 그러고는 괜히 도서 검색대 앞에 멍하니 섰다. ㅂㅂㄱㄴㄹㅁㅇ……. 아무 생각이 들지 않아 검색창에 의미 없는 초성만 툭툭 쳐 댔다. 바른 마음? 조너선 하이트. 아무

글자나 썼는데 나도 모르게 저런 책이 검색됐다. 심신 수련용 책인가. 내 의지와 상관없이 마주친 책. 하지만 뭔가를 더 검색할 기분이 아니었다. 이러고 있는 내 모습이 나조차 한심했다. 그래, 책도 많은 교양 있는 건물인데 문화생활이나 하자.

나는 곧장 서고로 향했다. 사람도 별로 없고 좋네. 이름이 뭐였더라. 조나단? 조너선? 무슨 하이트였는데. 맥주 아닌가. 나는 교양서 코너를 돌았지만, 책을 읽고 싶은 마음은 들지 않았다. 그래서 눈으로 대충 훑고 다니다 사람이 없는 구석 책장에 등을 대고 털썩 주저앉았다. 내가 바로 곁에 있었는데도 느낌이 전혀 없었나. 어릴 때는 잘 통했었는데……. 그때, 사전처럼 두꺼운 책이 고개 숙인 내 얼굴 아래로 쑥 들어왔다. 아! 고개를 들어보니 정원이었다.

"이거 못 찾아서 이러고 있냐?"

"깜짝 놀랐잖아!"

정원도 책장에 등을 기대고 옆에 앉았다.

"내가 이 책 찾는 거 어떻게 알았냐?"

"검색했으면 초기화해 놓고 가야지, 그냥 두고 가는 건 무슨 매너야."

"아, 지웠어?"

"어. 숙제야?"

"……누가 추천해서. 나 온 줄 어떻게 알았어?"

"아까 지나가는 거 유리창으로 봤어."

"그럼 말을 걸지……."

"들어올 줄 알았지……."

"사람 많이 왔어?"

"처음에는 좀. 이제는 거의 없어."

"힘들게 왜 나와 있어. 도서관에서 관리 안 해 줘?"

"네가 이제 왔잖아. 소꿉 살림 주인이 왜 이제 오냐?"

"……바빴어. 근데 그걸 전시할 줄은 몰랐다."

"내가 하자고 했어. 할아버지가 그러더라. 그거 만들어 줄 때가 제일 재밌었다고. 일에 약간 회의감이 들 때였는데, 그것들 만들면서 다시 일할 맛이 났대. 우리가 막 가지고 노는 게 되게 예뻤나 봐. 놋그릇을 사람들이 잘 찾지도 않지만, 있어도 변색 때문에 아끼면서 잘 안 쓰거든. 근데 할아버지가 그랬어. 자주 쓰는 데는 장사 없다고. 쓸수록 길들어서 더 예뻐진대. 우리가 맨날 그렇게 가지고 놀았잖아. 그러니까 예뻤겠지."

"할아버지한테 의미 있는 장난감이었네."

"나도 오랜만에 보니까 더 예쁜 것 같더라. 안 가 볼래?"

"너 이 책 어디에서 빼 왔어?"

"저기."

"다시 갖다 놓고 전시실이나 가자."

우리는 사전 같은 책을 도로 꽂아 두고 서고를 나왔다.

유기들은 참 신기하다. 무던한 듯 세련됐고, 소박한 듯 화려하다. 내 귀에 익숙해서인지 보기만 해도 댕댕 맑은 소리가 울리는 것만 같았다. 옹이 개인적으로 소장했던 유물 같은 방짜 유기도 꽤 많아서 흥미로웠다. 내가 도굴한 거냐고 물었더니, 누가 옛 방짜가 있다고 알려 주면 아무리 멀어도 옹이 직접 가서 구해 온 거라고 했다. 테마별로 잘 꾸며진 전시였다. 그중 내가 가장 좋아한 건 역시 소꿉놀이전이었다. 귀여운 신랑 각시 인형도 아기자기하게 함께 놓여 있었다.

"예쁘다. 내가 가지고 논 게 실감이 안 난다."

"이걸로 그렇게 당하고도 실감이 안 나면 어떡하냐?"

"하하하, 그러네. 너…… 송아림 찾아갔었다면서? 왜 말 안 했어?"

"너도 힘든 거 말 안 했잖아."

"그럼 뭐 다른 학교에 있는 애한테 고자질하냐?"

"다른 학교에 있는 신랑이지."

"야, 네가 이러니까 애들이 더 그런 거야. 솔직히 놀리기에는 딱 좋잖아."

정원이 내 말을 듣고 씩 웃었다. 그러고는 방짜 이야기를 꺼냈다.

"놋쇠 황금 비율이 구리 78퍼센트에 주석 22퍼센트인 건 알지? 조합이 아주 칼같이 50 대 50이 아니라고. 그걸 불에 달궈 가면서 수백 번씩 내려쳐. 그러면 쇠의 밀도가 더 높아져. 나는, 우리가 꼭 방짜 같아. 느낌이 그래. 게다가 우리도 두들겨 맞을 만큼 맞았잖아. 우린 밀도도 최고일 거야. 그래서 소꿉놀이전 아이디어를 낸 거야. 너랑 보고 싶어서. 나한테 이것들은 너고, 너한테는 날 테니까. 안 그래?"

"내가 78이냐, 네가 78이냐?"

"네가 78 하려면 해. 22가 없으면 어차피 꽝이니까."

"너 혹시 의심 안 해 봤어? 난 우리 감정이 아무래도 주입된 것 같아. 그렇게 자랐잖아. 신랑 어딨어? 신부 어딨어? 말이 진짜 무서운 게, 의미를 알고 나니까 그렇게 불렀던 네가 정말 남편 같은 거야. 아마, 너도 그럴 거야. 우리 냉정해야 해. 우리가 사귀기를 했냐, 뭘 했냐?"

"그럼 사귀자. 뭐 어려워?"

"……어려운 게 아니라, 그러면 왠지 결혼부터 하고 사귀는 느낌이야."

"나는 내 배냇저고리 물려준 각시하고 사귀는 거야."

"진짜 우리는 뭘 해도 이상하다."

"이상하면 바로잡으면 돼. 그리고 너한테 줄 거 있어."

정원이 점퍼 주머니에서 민무늬 방짜 반지 두 개를 꺼냈다.

"할아버지가 만들어 주셨어. 내가 부탁했지. 각시랑 나눠 낀다고."

"나 안 오면 어쩌려고 했어?"

"그럼 다른 데서 주면 되지."

나는 잠시 반지를 보다가 결국 약지에 끼웠다. 살짝 컸지만 상관없었다. 예뻤으니까. 우리는 같은 반지를 끼고 다시 소꿉 살림을 보았다. 행복과 아픔이 78퍼센트와 22퍼센트로 녹아 있는 애장품이었다. 어느 쪽이 78퍼센트이든 행복과 아픔이 함께여서 더욱 빛나는 듯했다. 그리고 정원과 나란히 낀 반지. 정원은 우리가 더 단단해졌다고 했다. 그랬으면 좋겠다. 저렇게 예쁜 추억들이 더는 상처가 아니었으면 좋겠다. 갑자기 코끝이 찡했다. 나는 얼른 고개를 돌려 창밖을 내다보았다. 책 읽는 아이들 조각상이 있는 쉼터였다. 무슨 책을 읽기에 저렇게 행복하게 웃고 있을까. 문득 이곳이 참 좋다는 생각이 들었다. 올 때마다 기분 좋은 일이 생긴다. 물론 여기서 책을 본 적은 없다. 그래도 다녀가면 책을 읽은 것처럼 왠지 뿌듯하다. 나는 집으로 가기 전에 소꿉놀이를 한 번 더 보았다. 정원이 그새 신랑 각시 인형들을 돌려 입을 맞추는 모습으로 바꿨다. 내 돌 사진 속의 우리 같았다. 뭐라고 하려다가 그냥 웃었다. 우리가 아주 예뻤을 때였으니까.

   방짜 유기는 두드리면 맑은 종소리가 울리는 탄력 있고 단단한 기물입니다. 쇠가 너무 무르면 쉽게 휘고, 너무 단단하면 오히려 잘 깨질 수도 있는데, 그러한 구리와 주석의 특성을 단점이 아닌 장점으로 융합시킨 놋쇠를 잘 두들겨서 만든 기물이지요. 구리 78, 주석 22. 좋은 놋쇠의 황금 비율. 주석이 꽤 적어 보이지만 구리와 만났을 때는 꼭 그만큼이 알맞은 양입니다. 그래야 서로를 잘 보완한 빛나는 금속으로 다시 태어날 수 있습니다.

   인연을 생각해 봅니다. 비슷한 사람끼리 만나는 게 좋다는 말을 종종 듣습니다. 대략 50 대 50일 텐데, 과연 이 비율이 최선일까요. 겉으로는 영 차이 나 보일지라도 함께할 때 꽉 찬 느낌을 받는다면, 그것이 곧 황금 비율이 아닐까 싶습니다. 서로 잘 보완됐다는 뜻이니까요. 내 인연의 비율은 겪으면서 스스로 판단해야 합니다. 그러니 우정이든, 사랑이든, 보이는 차이만으로 미리 피하는 일은 없었으면 합니다. 여러분의 인연에 축복을 기원합니다.

김려령

황혜홀혜

김
해
원

김
해
원

2000년 「기차역 긴 의자 이야기」로
한국일보 신춘문예 동화 부문에 당선하며
작품 활동을 시작했다.
장편소설 『나는 무늬』,
소설집 『추락하는 것은 복근이 없다』 등을 썼다.
『열일곱 살의 털』로 제6회 사계절문학상을,
『오월의 달리기』로 제4회 창원아동문학상을
받았다.

행정실장이 창문 커튼을 걷어 젖히자 오랜 시간 침잠하고 있었을 먼지들이 모조리 떠올라 빛을 쫓아 부유했다. 창문으로 내려다보이는 학교 밖 풍경은 황량했다. 무너지고 깨지고 허물어진 것들의 잔해가 거대한 무덤처럼 쌓여 있었다. 부서지고 바스러진 콘크리트와 붉게 녹슨 철근이 뒤엉켜 있는 폐허에는 굴삭기 두 대가 버려진 듯 기우뚱 서 있었다. 고만고만한 사람들이 모여 살았을 동네는 느닷없이 들이닥친 태풍으로 지도에서 사라졌다. 매주 자기 몸무게만큼의 인공물을 만들어 낸다는 인간은 비바람에 무력했다. 인간이 만들어 낸 것들이 파괴된 흔적은 괴이하고 쓸쓸하다.

"원래 도서관이 이 학교 자랑이었어요. 종이책이 있는 학교 도서관이 몇 곳 없으니까. 장서만 해도 20만 권이 넘었죠. 본관 옆에 도서관 건물이 따로 있었어요. 전면이 유리로 된 건물이었는데 태풍으로 아주 박살이 났어요. 하긴 지금 보지도 않는 책이 문제가 아니죠. 동네가 없어졌는데. 그래도 학교는 고지대라 물에 잠기지는 않아서 멀쩡한 책을 좀 건졌죠."

행정실장은 오래된 종이 냄새가 풀럭이는 음울한 장방형 공간을 떠받치며 병렬로 늘어선 책장을 턱으로 가리켰다.

이수는 가방에서 휴대용 바코드 스캐너를 꺼냈다. 행정실장은 이수 손에 들린 바코드 스캐너와 이수 가슴을 쓱 훑었다. 이수가 착실하게 모자까지 뒤집어쓰고 있는 방진복 왼쪽 가슴에는 '소울시스템' 로고가 선명하게 새겨져 있다.

"소울시스템은 전산 관리 회사인 건가요? 국립중앙도서관에서 아웃소싱한 거죠? 내 친구가 국립중앙도서관에서 일하는데, 이런 일은 사서가 해야 하는 거 아닌가?"

행정실장이 이수를 빤히 올려다봤다. 이수는 당황하지 않았다.

"네, 저희는 도서 관리 시스템 회사입니다. 국립중앙도서관 보존 서고에 보관할 책의 평가 지수를 관리합니다. 책의 바코드를 스캔해서 도서관 중앙 컴퓨터에 연결하면 책을 평가해서 선별합니다."

이수는 적당한 속도로 대답하고는 고개를 살짝 숙였다. 예의는 바르지만, 만만해 보이지 않는 각도. 사무적인 태도가 몸에 배어 있는 회사원의 각도. 이수는 상대방한테 밀리지 않는 적당한 각도를 안다.

"전에 어디서 보니까 국립중앙도서관 보존 서고가 어마어마

하더라고요. 종자 보관소 같던데, 하기야 문화적인 측면에서는 책이 종자인 셈이죠. 그래서 보존할 책을 굉장히 엄격하게 선별한다던데요? 우리 도서관에 그럴 만한 가치가 있는 책이 있을지 모르겠어요. 교장 선생님은 오래된 책이 많다고 하시지만, 오래됐다고 가치 있는 건 아니잖아요? 평가 기준이 뭐예요?"

"쉰 개의 항목이 있습니다. 판매 지수, 작가 인지도, 인류 발전에 미친 영향력, 각 분야 전문가의 평가 점수 같은 겁니다. 도서 목록이 정리되어 있으면 바로 중앙도서관 시스템으로 연결해서 선별된 책을 수거만 하면 되는데, 여기는 도서 목록이 없고 십진분류법으로 분류도 안 되어 있어서 좀 번거롭게 된 겁니다. 저기, 우리 빨리 작업 시작하죠."

이수는 노트북을 들고 엉거주춤 서 있는 나를 재촉하면서 미간을 살짝 찌푸렸다. 행정실장은 떨떠름한 얼굴로 이수를 힐긋대면서 비정규직 사서 계약이 끝나는 바람에 행정실 직원들이 석 달 동안 도서관을 직접 정리하느라 얼마나 애먹었는지 길게 설명했다. 이수는 대꾸하지 않았고, 나는 잠자코 노트북을 펼쳐 모니터에 파일을 띄워 놓았다.

"저는 다른 업무가 있어서 가 볼게요. 퇴근 시간 전까지는 끝내 주셔야 하는데……. 작업 마치면 연락 주세요."

행정실장이 머뭇대면서 말했다. 나는 노트북 모니터에서 눈을 떼지 않고 고개를 앞으로 살짝 빼면서 의자에서 엉덩이를 조금 뗐다가 도로 앉았다. 이수가 알려 준 바쁜 사람들의 답변 요령이었다. 바쁘니까 괜히 참견하지 말고 어서 꺼지라는 적당히 무례한 인사법. 나는 문 쪽으로 걸어가는 행정실장의 움직임에 오감을 집중했다. 도서관 문이 열리는 소리, 문이 꽉 닫히지 않는 소리, 점점 멀어지는 발소리, 학생들도 교사들도 부리나케 빠져나갔을 늦은 오후 텅 빈 학교의 고요.

나는 그제야 모니터에서 눈을 떼고 창가로 가서 창문을 활짝 열었다. 바람이 휙 몰려들어 왔다. 나도 모르게 팔을 밖으로 쭉 뻗으면서 손가락을 쫙 폈다. 새벽마다 베란다에 나가 선 엄마가 하던 대로. 바람이 손가락 사이를 빠르고 거칠게 훑고 지나갔다. 지랄 같은 바람. 엄마는 이런 바람을 그렇게 불렀다. 규정상 일을 하면 안 되지만, 사정상 일을 할 수밖에 없는 바람. 초속 10미터의 작은 나무를 뒤흔들어 대는 흔들바람은 수십 미터 타워 크레인에 오르는 사람한테는 지랄 같은 바람이다. 창문 아래 벗나무 가지가 부산하게 흔들렸다. 이 바람은 공사장 한복판에 거대한 나무처럼 서 있는 타워 크레인도 흔들어 댈 것이다. 오늘도 누군가는 지랄 같은 바람을 뚫고 한 발한 발 타워 크레인 위로 올라갔겠지. 세상은 끊임없이 무너졌고, 누군가는 망가진 세상을 복구하느라 고군분투했다. 우리도 어찌 되었든 고군분투하는 쪽에 가깝다.

이수는 부지런히 책장 사이를 오가면서 값나갈 만한 책을 건져 올렸다. 나는 벽에 붙어 있는 책장을 훑었다. 책은 되는 대로, 마음 내키는 대로 꽂혀 있었다. 높이를 맞춘 데가 있는가 하면, 책등을 맞춘 칸이 있고, 아예 노끈에 묶인 채로 쑤셔 박힌 책도 있었다. 노란색 노끈으로 묶인 책은 세계 연감이었다. 1995년부터 2000년까지. 나는 노끈을 풀어서 1995년 세계 연감부터 꺼내 바닥에 앉았다. 그해, 선진국에서 실시하는 오존 경보제가 서울에서도 처음 실시됐고, 쓰레기 종량제가 전국적으로 시행되었다. 그때 사람들도 미래를 걱정한 걸까? 컴퓨터 마우스를 처음 쓴 그 시대 사람들이 꿈꾸던 미래는 어떤 모습이었을까? 새로운 밀레니엄에 태어난 엄마는 자기 삶이 이렇게 허무하게 끝날 줄 몰랐겠지.

"쓸 만한 게 별로 없네. 그건 뭐야? 백과사전?"

이수가 책 하나를 들고는 나를 내려다봤다.

"1995년 세계 연감. 1995년에 마우스를 처음 썼대."

"마우스가 쥐처럼 생겨서 그렇게 부른 거잖아. 세계 연감도 챙길까? 역사 기록물도 수요가 꽤 있으니까."

"다른 건 좀 어때?"

"고만고만해. 그래도 하나는 있지. 이거! 제법 비싸게 받을 수 있을 거야."

이수는 손에 든 책을 가슴에 꼭 끌어안았다. 조선 회화를 소개한 책은 세계 연감만큼이나 두꺼웠다. 나는 세계 연감 여섯 권을 다 챙겼다. 이수가 고른 책은 스물다섯 권이나 됐다. 이수는 조선 회화 책만 빼놓고, 고른 책을 사진으로 찍어 행정실장에게 보냈다. 행정실장은 생각보다 책이 많아 뿌듯하다면서 곧 오겠다고 했다.

"도대체 뭐가 뿌듯하다는 거야. 자기네 책이 경쟁률 센 보존 서고 합격했다고 생각하는 거야? 도서관도 폐쇄됐는데, 역경을 이기고 성공한 거야?"

이수는 코웃음을 치면서 트렁크에 책을 챙겨 넣었다.

"성공한 거지. 가치를 알아보는 사람을 만나면 잘 보관할 테니까. 여기 쑤셔 박혀 있다가 폐기되는 것보다 낫지."

내 말을 들은 이수가 피식 웃었다. 이수는 우리가 책을 챙기는 거나 보존 서고에 가는 거나 결과는 같다고 했다. 그러므로 우리가 하는 일은 결코 범죄가 아니라고 했다. 어차피 종이책 도서관은 다 없어질 테고, 국립중앙도서관 보존 서고는 꽉 찼을 테고, 중앙도서관 사서들이 번거롭게 전국을 누비면서 보존할 책을 찾지 않을 테니까. 우리는 머지않아 세상에서 흔적도 없이 사라질 문화유산을 발굴하고 보존한다는 긍지를 가져야 한다고. 소울시스템을 그만두던 날 이수가 한 말이었다.

소울시스템은 전기 전자 제품 단순 좌식 조립 회사였다. 회사 채용 공고가 그랬다. 단순하게 뭔가 조립하는데, 앉아서 하는 거라서 초보자도 해 볼 만한 일이라고 공고문을 해석해 준 같은 반 친구는 세상 모든 아르바이트를 해 본 경험으로 보자면 껌이라고 했다. 하지만 그 친구는 소울시스템에서 사흘을 못 버티고 그만뒀다. 방진복을 입고 화장실 다니기도 힘든데, 화장실이 너무 더럽다는 게 이유였다. 아르바이트가 처음인 나는 방진복도, 화장실도, 등받이 없는 의자에 앉아서 바코드 스캐너의 고무 링을 끼우고, 라벨을 붙이고, 포장하는 일도 그럭저럭 견딜 만했다. 내 오른쪽에 앉아서 온종일 이어폰을 끼고 일하던 아이가 우리가 받아야 하는 돈을 알선 업체가 43퍼센트나 떼어 가는 걸 아느냐고 묻지 않았다면 계속 다녔을지 모른다. 아니 그 아이가 부당하다고만 하지 않았어도 뻔뻔하게 남을 등치고 살아온 사람들의 번영과 속수무책으로 등을 내준 사람들의 체념으로 울퉁불퉁 이어져 온 인류의 역사를 저주하면서 8시간 동안 지루하고 따분한데 허리는 끊어질 것 같은 일을 계속했을 것이다. 그렇지만 부당하다는 말은 참기가 어려웠다. 부당한 걸 부당하게 당하고 있는 내가 부당한 것 같아서 나는 내 왼쪽에 앉아 있는 아주머니한테 조용히 말했다. 내일부터는 나오지 않는다고. 마지막 퇴근길에 부당한 걸 알려 준 아이가 지하철역에서 내 팔을 붙잡고 물었다. 우리같이 일해 볼래? 불법이지만 긍지를 가질 수 있는 일이야.

　학교를 빠져나올 때부터 굵은 빗방울이 후두두 떨어졌다.
　"또 퍼부을 판이네."
　이수의 말이 떨어지기가 무섭게 까만 하늘은 비를 퍼부었다. 오래전에는 비가 내린다, 온다고 했다지만 이제 비는 내리거나 온다는 느슨한 동사로 형용할 수 없다. 비는 퍼붓거나 들이붓거나 쏟아졌다. 지금처럼. 와이퍼가 부지런히 비를 닦아 냈지만, 퍼붓는 비를 당할 수 없었다. 차들은 모두 비상등을 켜고 천천히 달렸다. 이수도 속도를 줄였다. 비가 거세지고, 하늘은 점점 어두워졌다. 이수는 차 유리에 김이 서리자 에어컨을 켰다. 에어컨 찬바람에 자꾸 기침이 나왔다. 기침감기가 꽤 오래갔다.

"너, 오늘은 집으로 갈래? 일주일 내내 집에 안 갔잖아. 난 내일부터는 폐기물 처리장을 돌아보려고. 너는 좀 쉬어."

"괜찮아."

"괜찮긴 뭐가 괜찮아. 기침감기 오래 달고 지내면 안 좋아. 약 먹고 푹 쉬어야 나아."

"집에 아무도 없어."

나는 가방에서 약을 꺼내 입에 털어 넣었다. 이수는 아무 말 없이 에어컨을 껐다. 차는 비를 뚫고 유유히 달렸다. 고속도로에 오르자 이수는 속도를 높였다. 약 기운 탓인가 머리가 멍해졌다. 차 유리에 머리를 기대고 어두컴컴한 밖을 내다봤다. 유리에 내리꽂히는 빗줄기의 거침없는 기세가 고스란히 전해졌다.

"어디로 가?"

"비가 많이 올 거 같아. 이렇게 쏟아지면 순식간에 도로가 침수될 텐데, 서울도 퍼붓는 중인가?"

이수는 라디오를 켜고 교통 방송을 들었다. 남부 지역에 시간당 50밀리미터의 비가 쏟아진다는 뉴스를 들으면서 아빠를 생각했다. 아빠는 뭘 하고 있을까? 비가 퍼붓는 날이면 엄마, 아빠는 출근하지 않았고 나도 학교에 가지 않았다. 셋은 소파를 서로 차지하겠다고 싸우면서 온종일 집 안에서 빈둥댔다. 보송보송한 날이었다. 축축하고 우글쭈글한 세상에서 비켜난 곳은 이제 없다.

"서울 쪽은 괜찮은가 보네."

"서울로 가려고?"

"응. 아무래도 너 집에 가서 쉬어야 할 거 같아. 목소리도 갈라졌어."

"나 정말 괜찮다니까."

괜찮다니까. 그런데 빗소리가 점점 아득하게 들려. 비가 그치는 거야? 내 몸이 붕 떠오르는 것 같아. 약 때문인가 봐. 몽롱해져. 몽롱하다는 말은 정말 몽롱해. 몽롱하다는 말은 다른 말로 바꿀 수가 없어.

잠에서 깼을 때 세상은 고요했다. 선루프로 까만 밤하늘과 반짝이는 별이 보였다. 이수는 없었다. 등받이를 세우고 앉아 밖을 내다봤다. 도로 옆으로 2층 건물이 바짝 붙어 있었다. 똑같이 생긴 건물이 그 옆으로 또 그 옆으로 늘어서 있고, 맞은편에도 2층 건물이 도로를 따라 나란히 붙어 있었다. 희미한 가로등 불빛에 외벽마다 그려져 있는 붉은 가위표가 도드라졌다. 이수는 맞은편 건물 옆 계단 끝에 앉아 휴대폰을 들여다보고 있었다. 아마도 그 계단은 건물 뒤에 검푸르게 부풀어 오른 산으로 올라가는 길인 거 같았다. 차 밖으로 나서자 아카시아꽃 냄새가 났다. 어둠으로 짙어진 산에 아카시아꽃이 하얗게 뿌려져 있었다.

"벌써 깼어? 오늘 쓸어 온 책, 경매 사이트에 다 깔았어. 조선 회화 책은 바로 반응이 오네."

노란 불빛 아래에서 동그랗게 몸을 웅크리고 있는 이수는 작은 아이처럼 보였다.

"여기가 어디야?"

"비가 쳐 오지 않은 곳. 중부 지방도 집중 호우래. 여러 곳이 침수됐어. 하긴 별난 일도 아니지."

"비가 쳐 와?"

"내가 살던 동네에서는 비를 쳐 온다고 해. 비만 오면 동네가 초토화되니까. 비가 적군인 거야. 사람들도 꽤 죽었으니까. 비가 쏟아지기 시작하면 할머니는 차에 나를 태우고 여기로 왔어."

"고지대라?"

"뭐 그렇기도 하고."

나는 이수 옆에 앉았다. 꽃 냄새는 더 진해지고, 세상은 아무 일도 없는 것처럼 잠잠했다. 이수는 휴대폰을 주머니에 넣고 하늘을 올려다봤다.

"할머니는 여기 왔다가 곧장 집으로 가지 않고 바다로 데려갔어. 바닷가에서 며칠씩 지냈어. 차에서 먹고, 자고. 할머니가 운전도 가르쳐 줬지. 아무리 자율 주행 차라고 해도, 초등학생한테 운전을 가르쳐 줬다니까. 할머니한테 배워서 내가 운전을 막 하는 거야. 우리 할머니 자율 주행은 재미없다면서 직접 했는데, 정말 거칠었거든."

"할머니는?"

"할머니 요양소 들어가고 나는 차를 거기 근처에 세워 놓고 65일을 살았어. 그때부터 저 차가 내 집이 된 거지. 할머니 마지막 말이 뭐였는지 알아? 운전 살살 하래. 차 할부 안 끝났다고. 내 참, 우리 할머니는 진짜 끝까지 웃기잖냐? 열여섯 살한테 남긴 유언이 차 할부 상환이라니. 나 아직도 할부 갚잖아. 돈도 없으면서 뭣 하러 비싼 차를 사느냐고."

나는 이수의 옆얼굴을 바라봤다. 열여섯 살의 이수는 열아홉 살의 이수보다 많이 작았을까. 열여섯 살의 이수도 지금처럼 할머니가 정말 웃기다고 말할 수 있었을까. 나도 열아홉 살이 되면 좀 쉽게 얘기할 수 있을까. 엄마가 글쎄 타워 크레인하고 같이 세상 끝으로 넘어가면서 나한테 문자를 보냈어. 우리 딸, 아무 걱정 하지 마. 웃겨, 어떻게 걱정하지 말라고 해.

건너편 건물에서 뭔가 툭 떨어지는 소리가 났다. 1층에 편의점 간판이 달린 건물이었다. 창문 유리가 모조리 깨진 빈 건물의 퀭한 어둠은 음산했다. 이수가 그곳을 빤히 올려다봤다.

"고양이인가? 먹을 거도 없을 텐데."

"여기 재개발되는 거야?"

"고지대니까, 돈 있는 사람들이 다 사 버렸지. 여기 살던 임대인들은 전부 쫓겨났어. 돈 없는 사람들은 아래로 아래로 자꾸 내려가는 거지. 비가 쳐 와도 피할 수 없는 곳으로. 옛날에는 돈 없는 사람들이 산꼭대기 살았다는데. 그런데 너 괜찮아?"

"응."

"뭘 먹어야 또 약을 먹을 텐데."

"괜찮아."

"너, 목소리가 많이 쉬었어."

이수는 벌떡 일어나 도로 한가운데로 나가 걸었다. 나는 묵묵히 이수의 긴 그림자를 따라갔다. 가로등 불빛과 건물만 남은 길에 두 그림자가 느릿느릿 끌려갔다. 자박자박 발소리는 적요 속으로 스며들었다. 이수는 '세탁'이라고 쓴 돌출 간판이 매달린 상가 옆 골목 앞에 멈춰 섰다. 건물과 건물 틈새를 억지로 벌려 놓은 듯한 골목은 너무 좁아서 덩치 큰 사람이라면 몸을 비켜 게걸음 쳐야 할 것 같았다.

"깜깜하니까 발밑 조심해."

"어디 가는 건데?"

"도서관?"

이수는 혼잣말로 도서관이지, 그래, 도서관인 거지, 하면서 어둠 속으로 쑥 빨려 들어갔다. 나는 재빠르게 이수 등에 바짝 붙었다. 굴속 같은 골목에서는 오래되고 낡은 냄새가 났다. 부식되고 썩어 가는 물질들, 녹슬고 비틀어지는 조형물들, 그렇게 서서히 사라지는 것들을 비집고 끈질기게 살아남는 존재들의 비릿한 냄새. 길쭉한 틈새는 끝으로 갈수록 조금씩 넓어져서 이수가 말한 도서관 앞에 다다랐을 때는 이수와 내가 어깨를 나란히 하고 설 수 있었다. 눈앞의 건물은 짓다 말고 방치된 것처럼 보였다. 깨진 건물 모서리에 철근이 그대로 드러나 있었다. 삭막한 외관과 다르게 긴 벽에 뚫어 놓은 창에서 따뜻한 노란 불빛이 번졌고, 입구로 보이는 붉은색 철문 앞에는 큰 화분에 잘 가꾼 올리브 나무가 있었다. 이수는 가장자리가 녹슬어 가고 있는 철문 앞으로 터벅터벅 걸어가서 서슴없이 문을 두드렸다. 철문 옆 벽에 걸려 있는 목판에는 검은색으로 '황혜홀혜'라는 글자가 음각되어 있었다. 황혜홀혜. 나는 낯선 낱말을 중얼거렸다.

"어두운 가운데 실체가 있다는 뜻이래. '황' 하고 '홀' 한데 뭔가 보인다는 거라나 뭐라나."

"황 하고 홀 해?"

"해가 뜨고 지는 때에 뭔가 보인다는 얘긴데, 그냥 헛것을 보는 거지 뭐."

이수가 깜깜한데 뭐가 보이겠느냐며 웅얼거리는데, 철문이 벌컥 열렸다. 철문을 연 사람은, 그러니까 유럽에 있는 오래된 교회에나 달려 있을 법한 웅장한 철문을 열어젖힌 사람은, 그런데 사람 맞아? 나는 불빛을 등지고 있는 시커먼 실체에 소스라치게 놀라며 뒤로 주춤 물러섰다.

"진짜, 머리 좀 묶으라니까. 까만 옷 입고 그렇게 머리까지 풀고 있으면 귀신이나 저승사자 같아. 노랗게 염색이라도 해."

"금발? 그럴까?"

여자는 이수가 안으로 들어오도록 비켜서서 머리를 올려 묶으며 나를 빤히 봤다.

"같이 다니는 친구?"

"네."

고개를 끄덕하는데, 여자가 느닷없이 나를 꼭 끌어안았다. 마른 여자에게서 초록 냄새가 났다. 집 앞에 공원은 여름 내내 풀을 깎았다. 온갖 풀은 관리인 입장에서는 공들인 조경을 망치는 침입자일 뿐이라서 잡초가 득세하는 기미만 보이면 제초기를 들고 공원을 누볐다. 그래 봤 댔자 소용없었다. 풀은 깎고 뒤돌아서면 보란 듯이 다시 무성하게 자랐으니까. 풀을 깎은 날 공원에 가면 진한 풀 냄새가 났다. 풀은 깎인 뒤에도 강렬하게 존재감을 드러냈다. 엄마는 그 냄새를 초록 냄새라고 했다. 초록 냄새가 나는 여자는 어서 들어오라면서 내 손을 잡아끌었다.

여자를 따라 들어간 공간은 분명 도서관이었다. 장방형 공간이 바닥에서부터 천장까지 책장으로 메워졌고, 책장에는 빼

곡하게 책이 꽂혀 있었다. 창문 아래에는 긴 책상이 나란히 붙어 있었다. 창으로 새어 나온 불빛은 책상 위에 켜 둔 스탠드 빛이었다. 공간 가운데에는 스무 명쯤 마주 보고 앉을 수 있는 기다란 원목 테이블과 등받이 없는 나무 의자가 놓여 있었다. 이수는 테이블 끝의 나무 의자를 소리 나게 빼서 앉았다.

"밥 안 먹었지?"

여자는 내 손을 놓지 않았다. 나는 잡힌 손을 빼내고 싶었지만, 그러지 못했다. 누군가와 손을 잡아 본 게 아주 오랜만이라는 생각을 했다. 여자는 내 손을 힘줘 잡았다가 놓았다.

"눌은밥 좋아해?"

"네."

"잘됐다."

여자가 내 등을 토닥이고는 오른쪽 하얀 문 너머로 사라졌다. 이수가 책상 앞에 있는 등받이 의자를 테이블 앞으로 끌어당겼다.

"앉아. 여기서 가장 안락한 의자야."

"여기는 개인 도서관이야?"

나는 책장 쪽으로 가서 가지런히 꽂혀 있는 책등에 적힌 글씨를 훑었다. 책은 십진분류법으로 정리되어 있지 않았다. 책등에 붙어 있는 라벨에는 십진분류법에 해당하는 청구 기호 대신 네 자리 숫자가 적혀 있었다. 3501, 3502, 3503. 옆 칸에는 3601, 3605. 나는 숫자를 웅얼거렸다.

"그거 연도야. 3501은 2035년 1월, 3605는 2036년 5월."

이수가 휴대폰을 들여다보면서 말했다. 나는 책등에 '3605'라는 숫자가 붙은 책을 꺼냈다. 『지구와 벌』이라는 제목의 책은 표지에 벌과 꽃이 그려져 있었다. 벌은 『죄와 벌』의 '벌'이 아니라 날아다니는 '벌'을 가리키는 모양이었다. 아니, 벌이 사라지는 건 '지구의 벌'이라니 벌(罰)이 맞는 건가. 나는 뒤표지에 적힌 소개 글을 보고는 판권을 확인했다. 책은 2028년 1월 13일에 출판됐다.

"이 숫자 말이야, 책이 출판된 해를 적은 건 아니네?"

"아니야. 근데 그 책 뭐냐? 지구와 벌? 지구가 벌을 받았다는 거야? 기독교 책인가 보네."

이수는 내 손에 들린 책을 보고는 낄낄 웃었다.

"아니. 환경 문제를 다룬 책인데? 벌이 사라지는 게 지구가 받는 벌이라는 얘긴가 봐. 그럼 이 숫자는 뭐야?"

"죽음."

"응? 그게 무슨 소리야?"

"2036년 5월에 죽은 거야."

2036년은 내가 태어난 해다. 세상이 물에 잠겼을 때 엄마는 타워 크레인 위에서 햇빛에 반짝이는 물결을 보며 배 속의 아이 이름을 '윤슬'로 정했다. 엄마는 내 이름이 절망 속에서 아름답게 빛나라는 뜻이라고 했다.

"2036년에 누가 죽었어?"

"그 책을 갖고 있었거나, 그 책을 좋아했거나 그런 사람이겠지."

이수는 휴대폰을 들여다보면서 도무지 알 수 없는 말을 하다가 고개를 번쩍 들었다. 나는 괜히 소스라치게 놀라 책을 떨어뜨릴 뻔했다.

"조선 회화 책 난리 났어. 가격이 계속 오르고 있어. 경매 사이트 이번 주 최고가!"

이수는 들뜬 목소리로 휴대폰 화면을 내 쪽으로 보여 줬다. 나는 힐끗 화면을 보고는 다시 물었다.

"숫자가 책 주인이 죽은 날짜라는 거야?"

"응. 그런데 입찰가가 더 오르겠어."

"여기 있는 책이 다 그렇다고?"

"내가 정말 책 보는 눈 하나는 끝내준다니까. 아까 그랬잖아. 조선 회화 책이 돈 될 거라고. 이거 이러다가 우리 이제 일 그만둬도 되는 거 아냐?"

이수와 나는 서로 다른 곳을 보고 있었다. 이수는 터무니없는 미래를, 나는 짐작할 수 없는 과거를. 내 손에 들려 있는 책은 도대체 누구의 과거인 건가?

『지구와 별』은 여행을 좋아하는 서른한 살이었던 사람의 책이라고 알려 준 건 여자였다. 푹 끓인 눌은밥과 오이지를 내온 여자는 내가 들고 있는 책을 보고는 단박에 책의 과거를 읽어 냈다.

"이름이 이강물. 참 예쁜 이름이지? 여행을 많이 다녔대. 그러다 보니 지구가 점점 황폐해지는 모습을 직접 눈으로 봤겠지. 평소 환경 문제에 관한 책을 많이 읽었대."

"그런데요?"

"36년 홍수 때 세상을 떠났어. 이강물 씨가 살던 도시도 물에 잠겼고, 건물에서 빠져나오지 못했어. 평일 대낮이었으니까, 일하느라고 홍수 경보를 못 들은 사람이 많았어. 지금은 경보 시스템이 되어 있지만, 그때는 안 그랬으니까."

이강물 씨의 책이 갑자기 묵직하게 느껴졌다. 나는 책을 제자리에 돌려놓지도, 테이블 위에 올려놓지도 못하고 망연히 보고만 있었다.

"여기 책들이 다 그래. 예전엔 전 세계에 그런 게 유행이었대. 책에 영혼이 담긴다고⋯⋯. 영혼을 담아 쓴다고 말한 작가들도 뜨악했을걸. 영혼이 그 영혼이 아닌데⋯⋯. 사람들이 그렇게 터무니없는 생각을 할 줄은 몰랐겠지. 책이 컬트가 될 줄은⋯⋯. 죽은 사람의 책을, 죽은 사람의 영혼이 담겼다는 책을 이런 데다 모셔 두고 찾아와서 읽고 그러는 거야. 진짜 컬트야. 책 팔아먹으려는 수작이었지. 환경 때문에 종이책을 만들지 못하도록 법률로 금지하니까 책 좋아하는 사람들을 선동해서 종이책을 숭배하게 한 거야. 그『영혼의 책』인지 뭔지 쓴 사람은 사기 혐의로 감옥 갔잖아."

이수는 눌은밥을 퍼먹으면서 쉴 새 없이 떠들었다. 이수의 입에서 튄 뭉그러진 밥풀이 멀리 날았다. 여자는 자신의 앞에 떨어진 밥풀을 집어 쟁반에 올려놓았다.

"사람들이 많이 죽었으니까. 태풍으로, 홍수로, 폭염으로 너무 많이 죽었어. 사람들이 죽음을 감당하지 못했어."

"그래도 산 사람은 살아야지. 죽은 사람 붙들고 있어 봤 댔자 뭐가 달라지겠냐고?"

이수의 목소리가 낮아졌다. 이수는 밥그릇을 들어 후룩 마시고는 그릇을 소리 나게 내려놓았다. 여자는 이수를 빤히 보다가 내 쪽으로 고개를 돌렸다.

"눌은밥 식겠다. 어서 먹어."

여자는 내 손에 든 『지구와 별』을 건네받아서 제자리에 꽂았다. 나는 이수가 빼놓은 의자에 앉아 눌은밥을 먹었다. 푹 끓인 눌은밥은 구수했다. 그리고 오이지를 입에 넣었다. 소금에 삭힌 오이지는 오이지 맛이다. 나는 오래오래 오이지를 씹었다. 여름 내내 엄마 도시락 반찬은 소금에 푹 절여서 쪼글쪼글해진 오이지를 꼭 짜서 참기름에 버무린 오이지무침이었다. 엄마는 우스갯소리로 아빠가 오이지를 잘 담가서 계속 산다고 했다. 나는 여름 방학 때면 점심에 혼자 오이지를 먹으면서 타워 크레인 조종석에 앉아서 오이지를 맛있게 먹고 있을 엄마와 그 아래서 뿌듯해할 아빠를 생각하곤 했다.

나는 오이지 맛을 잊지 않으려고 애썼다. 어쩌면 다시는 오이지를 먹지 못할지도 모르니까. 엄마가 떠난 공사 현장에서 여전히 타워 크레인을 조립하고 해체하는 일을 하는 아빠는 집에 오지 않는다. 그저께도 아빠는 주말에 올라오겠다고 문자를 보냈지만, 나는 알고 있다. 아빠는 엄마가 없는 집에 오지 않을 것이다.

밥을 먹고 나서 이수는 내내 말이 없었다. 휴대폰을 들여다보고 있었지만, 경매가 어떻게 되어 가는지 떠들지 않았다. 여자는 테이블 끝에 앉아 노트북을 켰다. 나는 책꽂이를 둘러봤다. 두꺼운 책 사이에서 얇고 큰 그림책이 눈에 띄었다. 궁금했지만, 뽑아 볼 수 없었다. 이 책을 봤을 누군가의 죽음을 마주하기가 두려웠다. 나는 책꽂이 맨 아래 칸 구석에 있는 3708 『언어의 종말』을 뽑았다. 머리가 누렇게 변색된 책의 가름끈이 끼워져 있는 곳을 펼쳤다. 2037년 8월에 불가피하게 종말을 맞이했을 사람은 여기까지 읽고 만 것인가. 눈에 들어오는 문장을 읽어 내려갔다.

미래 세계에는 몇 개의 언어가 존재할 것인가? 이것을 알기 위해서는 과거를 조망해야 한다. 우리는 몰락해가는 언어의 수가 어느 정도나 되는지, 또 언어가 얼마나 빠른 속도로 소멸되어가고 있는지 분명하게 물어야 한다.°

○ 『언어의 종말』 앤드류 댈비 지음, 오영나 옮김, 작가정신 2008.

"그래서 어쩌려고? 여기도 주인이 팔았다면서? 언제까지 이러고 있으려는 거예요?"

이수의 자분자분한 목소리가 낮게 깔렸다. 등 돌리고 있는 나는 듣지 않아도 되는 말이었다. 나는 3708을 꽂아 놓고, 그 옆에 있는 다른 책을 꺼내 들여다봤다. 이수의 질문에 여자는 대답하지 않았다. 노트북 키보드 두드리는 소리가 공백을 채웠다.

"건물이 헐리면 이 책들은 다 어떻게 하려고요. 설마 이 책들 끌고 다른 데로 갈 생각이에요?"

"책을 맡긴 사람들에게 일일이 연락하고 있어."

"여기 닫겠다고 했어요? 책 찾아가라고 확실하게 말한 거예요?"

"연락 안 되는 사람이 많아서⋯⋯."

"그러면 어쩌려고요?"

이수의 말이 점점 빨라지고 목소리가 높아졌다. 매섭게 내리꽂히는 장대비 같았다. 서늘하고 끈끈한 여름 장맛비. 여자는 그 비를 가만히 온몸으로 맞으려고 작정한 듯 보였다. 침묵이 길어졌다.

"엄마!"

이수의 목소리에 나도 모르게 뒤를 돌아봤다. 엄마⋯⋯. 이수는 휴대폰을 내려놓고 자신의 엄마를 보고 있었다. 아니, 휴대폰을 할 때도 이수의 눈과 귀와 모든 감각은 엄마만을 향해 있었는지 모른다.

"폐기할 수 없잖아. 그럴 수 없는 거잖아."

이수 엄마의 시선은 노트북 모니터에서 떨어지지 않았다. 그래도 자신을 바라보는 아들의 얼굴이 어떤지 빤히 알고 있을 것이다. 이수의 얼굴이 점점 일그러졌다.

"엄마는 진짜 아직도 이딴 걸 믿는 거예요? 남편의 영혼이, 딸의 영혼이 책에 있다고 믿느냐고요? 그냥 마음의 위로만 받는 게 아니라 여기 책을 맡긴 사람들처럼 미친 거냐고요? 설마 저기 우주에 신이 산다고 믿어요? 우주에는 지구에서 내다 버린 핵폐기물은 있어도 신은 없어요. 신도 없고, 죽은 영혼도 없고. 모든 사람은 죽으면 끝. 신이라도 죽으면 끝. 엄마가 날마다 여기 있는 책을 읽어 주고 봐 줘도 죽은 사람은 몰라요. 그 사람들은 오래전에 끝났다고요."

이수의 목소리가 쩌렁쩌렁 울렸다. 끓어오르고 있는 이수를 물끄러미 바라보는 이수 엄마의 얼굴은 평온했다. 어쩌면 이수는 이곳에 올 적마다 이렇게 끓어 넘치는 것으로 끝냈는지 모른다. 불편한 정적을 바람 소리가 밀쳐 냈다. 드세진 바람에 숲은 얼마나 흔들리려나. 아카시아꽃 냄새는 더 멀리 퍼지려나. 나는 창밖을 보았다. 나는, 이수야, 나는…….

"나는 책에 영혼이 있다는 것을 믿고 싶어. 그러면 그 사람이 문장으로 남는 거잖아. 어떤 감정이 담겨 있는 문장으로, 낱말로 남는 거잖아. 글을 읽으면서 그 사람을 생각하는 거잖아.

오래오래 생각할 수 있는 거잖아. 그냥 숫자로만 세상에 남는 것보다 낫잖아. 사람들은 사망자 수를 보면서 애도하지 않아. 숫자로 표기된 죽음 앞에서 사람들은 아무 감정도 갖지 않아. 숫자는 그 사람이 조금 전까지 살아 있었던 나와 똑같은 사람이었다는 것을 지워 버려."

우리 엄마는 세상에 숫자로 남았다. 공사 현장에서 시공 기간을 단축하려고 풍속 규정을 위반한 채 운행하던 타워 크레인 두 대가 쓰러지면서 5명이 사망했다는 부고 기사의 결론은 AI가 탑재된 타워 크레인은 고장이 잦고 비용 부담이 커서 여전히 사람이 운전하는 사업체가 많으니 시정이 필요하다는 것이었다. 그 기사 첫 댓글은 아직도 그렇게 위험한 기계에 사람이 올라가느냐고 묻는 거였다. 말도 안 된다는 느낌표가 아니라 물음표를 붙인 확실한 질문. 5명의 죽음이 불합리하고 부당한 것이었는데, 죽은 사람이 불합리하고 부당해졌다. 엄마의 죽음은 부당하다. 세상은 부당하다. 부당한 세상에서 영혼이 책에 깃든다는 게 뭐 그리 부당한 일이라고.

바람이 더 거칠어졌다. 바람 소리가 창문을 흔들면서 안으로 기어들어 왔다. 이수는 차에서 잔다며 밖으로 나갔다. 남은 둘은 작은 침실에 나란히 누웠다. 둘은 잠들지 않고 바람 소리를 들었다.

"바람이 많이 부네."

나한테 침대를 내주고 바닥에 이부자리를 편 이수 엄마의 목소리가 바람 소리에 흐트러졌다.

"이건 된바람이에요. 6등급짜리."

"바람을 잘 아는구나."

"엄마가 잘 알았어요. 타워 크레인 기사였거든요."

"그랬구나. 우리 엄마는 사서였어. 어릴 때 도서관에서 엄마가 퇴근할 때까지 기다리면서 책을 봤어. 그때 외계인에 관한 책을 봤는데, 그런 말이 있었어. 모든 생명체는 생명 지표로 식별할 수 있다. 생명체가 만든 오염된 공기가 서식지에 남는다. 그것으로 외계 생명체의 흔적을 찾을 수 있다. 살아 있든 오래전에 죽었든. 그 말이 내내 뇌리에 남았어. 내가 외계 생명체에 관심이 많았거든. 그런데 책에 영혼이 담긴다는 말을 듣고 그 생각이 나는 거야. 존재한 것들은 죽어도 흔적을 남긴다고. 믿고 싶었지. 완전하고 무한하다는 신은 안 믿어도 살았던 존재의 흔적은 믿고 싶었어."

나는 이수 엄마의 작은 목소리를 귀 기울여 들으면서 생각했다. 진짜 그렇다면 우리 엄마 영혼은 어떤 책에 들어갔을까. 우리 엄마는 책 보는 거 싫어했는데. 어릴 적에 나는 엄마한테 그림책을 읽어 주곤 했다. 그때 엄마가 가장 좋아했던 책이 뭐였더라.

천둥 치는 소리에 잠이 깼다. 창밖은 희붐하게 밝았다. 이수 엄마는 낮게 코를 골았다. 나는 살그머니 일어나 황혜홀혜 밖으로 나왔다. 하늘이 반으로 쪼개지는 듯한 천둥소리에 움찔했다. 나는 벼락을 맞아 갈라진 것 같은 좁은 골목을 빠져나와 이수의 차가 있는 곳으로 뛰었다.

이수는 어젯밤 앉아 있던 계단 끝에 앉아 있었다.

"왜 뛰어와?"

"갔을까 봐."

"왜, 거기가 무섭냐. 귀신 사는 집 같아?"

"그런 거 없다며."

이수는 내가 가까이 가자 일어나서 기지개를 켜고는 무너지기 직전처럼 요란한 하늘을 올려다봤다.

"나는 폐기물 처리장으로 가 보려고. 거기 사장님이 아침에 일찍 오라고 해서. 너는 집에 갈래?"

"나도 너하고 같이 갈래. 그런데 오늘도 일하려고? 비 올 거 같은데."

"비 온다고 노냐? 놀면 뭐 해. 너도 복학하기 전까지 열심히 해야지. 학교 다니면 알바고 뭐고 못 할 텐데. 내 마지막 목표가 홀혜황혜, 아니 황혜홀혜, 아, 짜증 나. 자꾸 헷갈려. 어쨌든 거기 책 다 팔아먹는 게 내 목표다."

"잘 팔리겠네. 영혼이 있다고 하면 날개 돋친 듯이 팔릴 거야. 사람들은 '소울', 영혼 이딴 거 좋아하잖아. 너는 싫어해도."

"나도 알아. 우리 할머니가 그랬어. 그래도 엄마가 그런 거라도 믿으니까 산 거라고. 우리 엄마 물난리 났을 때 나만 데리고 차에서 빠져나왔거든. 나야, 애기였으니까 모르지. 앞자리에 앉은 남편하고 딸을 눈앞에서 잃었어. 그때 정말 많이 죽었으니까. 얼마 전에 본 책에서 그러더라. 해마에 전달되는 감정의 자극이 어느 일정값을 넘으면 기억이 대뇌로 옮겨 가 장기 기억으로 보관된다고. 아, 그 책, 꽤 재밌는데, 안 팔렸잖아."

이수는 사람들이 안목이 없다고 투덜대면서 차에 올라탔다. 나도 따라 올라타면서 무시무시하게 몰려드는 먹구름을 올려다봤다. 빗방울이 떨어졌다. 이수가 시동을 걸면서 중얼거렸다. 비 쏟아지면 무서워할 텐데.

"비 오면 할머니가 엄마 지켜 주려고 여기 오신 거구나."

이수가 고개를 끄덕였다.

"비가 트라우마인 거지. 그래서 여기 있다가 비가 그치면 우리만 바다에 갔어. 엄마는 멀리 안 가니까. 아무 데도 안 가. 답답해 죽겠어."

이수가 한숨을 내쉬었다.

"우리 바다에 가자. 남쪽으로 가자. 나 만나야 할 사람도 있거든."

"지금?"

"아니, 잠깐만 기다려."

나는 이수의 어깨를 툭 치고는 이수가 뭐라고 할 틈도 없이 차에서 뛰어내렸다. 굵어진 비가 사정없이 쏟아졌다. 나는 숨차

게 달렸다. 황혜홀혜 문 앞에 섰을 때는 비가 무섭게 쳐 왔다.

철문을 두드리자 바로 이수 엄마가 나왔다.

"그러지 않아도 아침 먹고 가라고 이수한테 문자 보내려고 했어."

"아뇨."

"응?"

"그러셨잖아요. 존재했던 것들은 흔적을 남긴다고. 그걸 믿는다고 하셨잖아요. 그런데 그 흔적이 어디 한 곳에만 있는 건 아니잖아요? 우리 아빠는 우리 엄마가 공사 현장에만 있다고 생각하는 거 같은데, 그건 아니잖아요? 우리 엄마의 흔적은 곳곳에 있는 거잖아요. 저는 풀 냄새에도, 바람에도, 엄마를 느껴요."

이수 엄마가 나를 빤히 봤다.

"우리랑 같이 가요."

나는 이수 엄마가 안으로 들어간 뒤 비가 쳐 오는 하늘을 올려다보면서 중얼거렸다. 엄마, 나, 바다에 간다. 우리가 같이 갔던 바다도 가고, 아빠도 보고 올게.

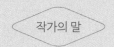

　그러고 보면 내가 지어낸 글의 시작은 늘 도서관이었다. 무언가 쓰기로 마음먹으면 자료부터 찾고 봐야 발을 뗄 수 있었다. 지금도 그렇다. 책이 빽빽하게 꽂힌 책장과 책장 사이에 서 있으면 안심이 된다. 이곳에는 분명히 내가 필요한 것이 있으리라. 없는 것 빼고는 다 있는 대형 마트에 들어선 기분과 같다. 진짜로 도서관에는 웬만한 것이 다 있다. 과거가 있고, 현재가 있고, 미래가 있다. 자주 가는 도서관에 쪼그리고 앉아 미래를 생각했다. 도서관 밖 현실도 잘 모르면서 미래라니⋯⋯.

김해원

덜컹거리는

존재

신
현
이

신
현
이

2012년 「새아빠」로 창비어린이 신인문학상을
수상하며 작품 활동을 시작했다.
동화 『저녁까지만 거짓말하기로 한 날』
『저절로 알게 되는 파랑』 등을 썼다.
『아름다운 것은 자꾸 생각나』로
제24회 한국가톨릭문학상 신인상을 받았다.

"제우야!"

쉬는 시간이 시작되자 누군가 내 이름을 불렀다. 나는 그쪽을 보았다. 장은하였다. 장은하는 내 쪽으로 수학 문제집을 들어 올렸다. 손에 쥔 샤프펜슬로 멀어서 내가 확실하게 볼 수 없는 어떤 문제를 가리켰다.

교실은 소란스러웠다. 장은하는 다시 샤프펜슬로 자신을 가리키고 나서 나를 가리키더니 고개를 끄덕였다. 수학 문제 풀이를 물으러 자기가 내게 가도 좋으냐고 묻는 것이었다. 나는 오른손 엄지손가락과 집게손가락 끝을 둥글게 맞붙여서 오케이 사인을 보냈다.

장은하는 복도 쪽 앞에서 두 번째 자리에 앉아 있었다. 내 자리는 운동장 쪽 맨 뒷자리였다. 장은하는 아이들과 책상과 의자를 이리저리 피하면서 교실을 가로질러서 내 쪽으로 왔다. 그 모습을 보면서 나는 기분이 좋아졌다.

장은하가 가까이 왔을 때 교실을 휘감으며 길고 날카로운 휘파람 소리가 났다. 보지 않아도 j라는 것을 알았다. 나는 j가 있는 쪽을 보았다. j와 눈이 마주쳤다. j의 눈빛이 날카롭게 빛났다. 나는 그 눈빛 때문에 조금 위축되었다. 동시에 내게 그런 눈빛을 보내는 것에 대해 반발심도 일어났다. j는 이미 장은하에게 관심이 있다는 사실을 내게 털어놓았었다. 그 자리에는 나뿐만 아니라 승준과 태희도 있었다.

j는 별것 아니라는 시늉으로 내게 손을 들어 올리며 손바닥을 내보였다. 나도 j를 향해 손을 들어 보였다.

장은하는 앞자리 의자를 끌어다가 가까이 앉으며 내 책상에 문제집을 내려놓았다.

"고마워."

장은하가 수학 문제를 집게손가락 끝으로 가리키며 말했다.

"응."

나는 건성으로 대꾸하며 문제를 바라보았다. j가 앉아 있는 쪽으로 끊임없이 신경이 쓰였다. 기분 좋게 부풀어 올랐던 마음은 사라졌다.

장은하가 가져온 수학 문제는 어려운 게 아니었다.

아영이는 한 개에 500원인 팥빵을 사려고 한다.

팥빵 x개의 값을 y원이라고 할 때 x와 y의 관계를 식으로 나타내시오.

y는 x의 함수인지 말하시오.

나는 장은하에게서 샤프펜슬을 받아 문제집의 여백에 x와 y의 관계를 표와 그래프로 그리면서 알려 주었다. 관계식과 함수 개념까지 적어 주었다. 그러면서도 나는 j에게로 향하는 신경을 끊을 수가 없었다. 어려운 문제였다면 집중을 해야 해서 신경 끊기가 쉬웠을 것이다.

j가 했던 말도 덩달아서 떠올랐다.

장은하는 대놓고는 팅기면서도 속으로는 오히려 j의 관심을 끌기 위해서 자꾸만 다른 남자애들에게 말을 붙인다는 얘기였다.

j의 말이 옳다면 장은하의 행동은 무척 복잡하고 머리를 많이 써야 하는 것이다. 그렇게 어려운 행동을 늘 하면서도 그것보다는 훨씬 쉬운 함수 문제를 풀지 못한다는 사실이 쉽게 납득되지 않았다. 그러나 내 머릿속에는 이미 장은하에 대한 의심이 생겼다. 장은하가 혹시 j의 관심을 끌기 위해서 내게 수학 문제를 물어보는 게 아닐까 하는 의심 말이다.

장은하는 고개를 끄덕이면서 열심히 들었다.

"고마워, 설명을 들을 때는 쉬운데 말이야. x와 y의 관계를 묻는 문제는 풀기가 너무 어려워."

장은하가 말했다. 말하는 얼굴에는 웃음이 어렸다. 장은하를 의심한 것이 미안했다. 그래서 마주 보며 환하게 웃을 수가 없었다. 마음이 어두워졌다.

장은하는 제자리로 돌아갔다.

열린 창문으로 바람이 불어왔다. 가까이 있는 커튼이 날아올랐다. 교실 뒤편 사물함에서 무엇인가 덜컹거리는 소리가 났다. 뒤를 돌아보았다. 소리는 멎었다. 무의식중에 내 사물함을 살펴보았다. 내 사물함은 잘 닫혀 있었다.

학교 끝나고 우리는 공원 벤치로 모였다. 나와 승준, 태희와 j였다. 우리는 초등학생 때부터 친구 사이로 지냈다. 모두 한 아파트 단지에 살았다. 중학교 올라와서 1학년 때는 서로 다른 반이었다. 2학년 되면서 우연히 다 같은 반이 되었고 다시 뭉칠 수 있었다. 우리는 학원을 빼먹고 새로 생긴 코인 노래방에 가기로 했다.

j가 여자애들도 불러서 같이 가자고 했다. j는 여자아이 세 명의 이름을 댔다. 그중에 장은하도 있었다. 승준과 태희는 대꾸가 없었다. 쉬는 시간에 장은하와 있었던 일이 떠올랐다. 장은하가 온다면 또 신경 쓰이는 일이 생길 게 뻔했다. 게다가 우리는 넷인데 j가 여자아이 이름을 셋만 대는 것도 마음에 들지 않았다. 모든 게 계획적이라는 생각이 들었다.

"그냥 우리끼리 가자. 여자애들 끼면 불편하잖아."

내가 아무렇지도 않은 듯 말했다.

"뭐가 불편하다는 거지?"

j가 따졌다.

"어쨌든 난 싫어."

나는 강경했다.

"제우 넌 빠져. 너 빠지면 남자 셋 여자 셋 딱 맞으니까."

내 짐작이 맞았다. j는 처음부터 나를 끼워 주고 싶지 않던 거다.

"j, 너나 빠져."

나도 질세라 j에게 바짝 다가서며 맞섰다. 그러나 한편으로 이런 일 때문에 티격태격하는 꼴이 유치하고 우스웠다. 승준과 태희가 나와 j 사이로 끼어들었다. j와 나를 멀리 떼어 놓으며 다툼이 커져 싸움으로 번지는 것을 막았다.

그때 이상한 일이 일어났다. 처음 겪어 보는 일이었다.

승준과 태희에게 가려 보이지 않던 j가 고개만 옆으로 기울여서 얼굴을 드러냈다. j는 나를 바라보며 웃었다. 그 웃음이 이상했다. 웃음이 얼음으로 만든 표창처럼 내게 날아와 꽂혔다. 나는 순식간에 얼어붙었다.

j는 뭐라고 해도 내 친구였다. 우리는 자주 싸우기도 했다. 그렇지만 금방 아무렇지도 않게 어울렸다. 나는 j를 나쁘게 말하고 싶지 않다. 그래서 이름 부르기를 피하면서 j라고 부르고 있다.

나는 j가 내게 날린 웃음에 걸맞은 표현을 떠올려 보려고 했

덜컹거리는 존재

다. 비웃음이 아니었다. 조롱도 아니었다. 이기죽거리는 웃음도 아니었다. 사나운 웃음도 아니었다. 천진하거나 친근한 웃음은 더더욱 아니었다.

승준과 태희가 j를 밀면서 나로부터 점점 멀어졌다.

"야, 너 뭐 해."

태희가 나를 돌아보며 말했다. 나는 여전히 정신을 못 차리고 서 있었다. 태희가 다가와 내 팔을 잡고 끌어당겼다.

"꿈쩍 안 하지? 제우는 동화에 나오는 멍청한 거인 같지 않냐?"

j가 나와 태희가 하는 꼴을 승준과 함께 돌아보며 말했다. 이번에는 분명하게 놀리는 말이었다. 그리고 나의 콤플렉스를 정통으로 찌르는 말이었다. 못되게 구는 것이다. 이러한 분명한 사실이 꽝꽝 얼어붙어 있던 내 몸을 풀어지게 해 주었다. 정당하게 화를 낼 수도 있었다.

나는 내 팔을 잡고 있는 태희의 손을 뿌리쳤다.

"너희끼리 가라. 난 안 간다."

나는 휙 돌아섰다. 뒤도 돌아보지 않고 자전거 쪽으로 갔다. 태희와 승준이 나를 불렀다. 그러나 잡으러 오지는 않았다.

나는 혼자였다. 당장 갈 곳이 없었다. 자꾸만 휴대폰을 확인했다. 승준이나 태희가 연락을 해 올지도 모른다는 기대를 쉽게 떨쳐 버리지 못했다. 한편으로는 그런 자신이 못마땅했다.

학원에서 전화가 왔는데 받지' 않았다.

집으로 가다가 아파트 단지를 그냥 통과해서 이어지는 산길에 접어들었다. 산을 넘어가는 산책로에는 야자 매트가 깔려 있었다. 사람이 없어서 나는 야자 매트 길을 자전거로 달렸다. 경사가 급하지 않은 오르막이었다. 페달을 밟을 때 다리에 힘을 주어야 했다.

산이라기보다는 둔덕이라고 해야 적당했다. 원래는 제법 높은 산이었는데 아파트 단지가 들어서면서 둔덕으로 변했다고 한다. 그래도 사람들은 이곳을 산이라고 불렀다. 이름은 황룡산이다.

산을 넘어가면 오래된 도서관이 있다. 황룡도서관이다. 학교 가까운 곳에 어린이청소년도서관이 새로 생겼다. 도서관에 갈 일이 있으면 그곳으로 간다. 그러나 어렸을 때는 이 산을 자주 넘어 다녔다. j와 승준, 태희와 나. 우리는 우리를 사총사라 불렀다. 그때는 승준의 키가 가장 컸다. 이 산을 넘어가며 우리는 스스로 정의의 사도들이라고 외치기도 했다.

이해를 할 수 없었던 j의 웃음이 떠올랐다.

우리 중 누군가가 못된 짓을 골라하면서 점점 나쁜 사람이 될 수 있을까?

이런 생각이 났다.

발가락 끝이 신발 안쪽에 닿았다. 신던 신발이 작아져서 엄마가 새 신발을 사다 준 지 얼마 되지 않았는데 발이 또 더 커진 모양이다.

나는 키가 너무 크다. 승준이나 태희, j와 가까이 있으면 그 아이들의 머리꼭지가 내려다보였다. 그럴 때마다 나는 못 볼 것을 본 듯 눈길을 돌렸다. 중학교 졸업 전에 180센티미터가 넘지 않기만을 바랄 뿐이다.

j는 내가 동화에 나오는 거인 같다고 놀렸다. 동화에 나오는 거인들은 대개 두 부류다. 마음이 착한 거인들은 둔하고 멍청했다. 나쁜 거인이면 용감한 주인공과 싸우고 반드시 패배하여 뒤로 너부러졌다.

산길이 뚝 끊겼다. 나는 환한 공터로 나왔다. 눈앞에 도서관이 있었다. 공터 한가운데였다. 도서관은 기억에 남아 있는 모습보다 더 퇴색되어 있었지만 여전히 깨끗했다.

연못의 분수도 그대로였다. 한 줄기 물이 끊임없이 솟아 올라와 두 갈래로 갈라지며 아래로 떨어졌다. 사방이 조용해서 물 떨어지는 소리가 또렷하게 들렸다.

주차장에는 소형 승용차가 세 대 있었다. 자전거 보관대에는 자전거가 일곱 대 있었다. 나는 자전거를 세웠다. 사총사가 다닐 때에도 이 도서관에는 사람이 많지 않았다. 우리는 산에서 놀다가 갈증이 나거나 화장실을 가야 할 때면 여기로 왔다. 쉬고 싶거나 졸릴 때도 이곳을 이용했다.

나는 도서관으로 들어갔다. 로비도 깨끗했다. 소파에도 안내

데스크에도 사람은 없었다. 로비 중앙에 위층으로 오르는 계단이 보였다. 왼쪽으로 가면 아래로 내려가는 계단이 시작되었다.

나는 왼쪽으로 가서 계단을 내려갔다. 계단이 끝나는 곳에 아이들을 위한 도서실이 있었다. 계단 옆 벽에 시가 끼워져 있는 액자 네 개가 아직도 걸려 있었다. 사총사의 시였다. 이 액자들이 여기 걸린 뒤로 우리는 더 자주 이곳에 왔었다. 계단을 내려가면서 자신의 시가 있는 액자를 안 보는 척하면서 늘 확인했다.

이 시들이 여기에 걸린 사연은 이렇다.

어느 날 우리는 산에서 달려 내려와 동시에 연못으로 뛰어들기로 약속했다. 누구도 약속을 어기지 않았다. 우리는 물속에서 환호성을 질렀다. 어린이실의 김 선생님이 우리를 도서관 사무실로 데려갔다. 누군가 갈아입을 마른 옷을 가져다주었다. 우리는 옷을 갈아입고 심한 장난을 친 벌로 동시 한 편씩을 써서 액자에 넣어 벽에 걸어 놓아야 했다. 작은 액자였다. 우리는 네임 펜으로 시를 썼다.

나는 액자 앞에 서서 사총사의 시들을 읽었다.

사총사는 영원하다.

j가 쓴 시의 마지막 구절이었다.

용 네 마리가 황룡도서관 연못에서 날아올랐다.

태희의 시 마지막 행이었다. 나는 씩 웃었다. 연못으로 뛰어

들자고 제안한 사람은 태희였다.

다음은 승준의 시였다.

사총사는 오늘도 황룡산을 넘는다.

승준의 시는 이렇게 끝났다.

그다음이 내 것이다.

나는 달나라에서도 푸르다.

맨 마지막 연이 이랬다. 멋지게 보이려고 꽤나 폼을 잡았다.

계단을 다 내려왔다.

책들로 가득 찬 책장 사이를 지나갔다. 이곳에서 내가 읽은 어떤 책에도 친구가 못된 사람으로 변하는 경우는 없었다.

승준과 태희의 몸으로 가려졌던 j가 고개를 옆으로 꺾으며 얼굴을 내밀던 모습이 떠올랐다. 내가 j를 오해하고 있거나, 아니면 이곳에 있는 책들이 거짓말을 하고 있는 거다.

승준과 태희와 j가 함께 어울리고 나만 혼자 남게 되면 어떻게 하지?

친구들과 어울리기 위해서 j의 눈치를 봐야 하고 늘 신경을 써야 한다면 어떻게 하지?

어느 누군가의 비위를 맞추어야 한다면 그것은 이미 친구 사이라고 할 수 없었다.

아래층 가장 안쪽에 방이 있다. 사총사가 엎드려서 책을 보거나 김 선생님 몰래 잠을 자던 방이었다. 방에는 아무도 없었다.

나는 운동화를 벗었다. 운동화를 신발장에 넣었다. 신발장에는 주인 없는 신발들이 있었다. 슬리퍼 한 켤레와 분홍색 샌들 하나, 운동화 한 켤레, 그리고 흰색 실내화 한 켤레.

신발을 여기 두고 어떻게 갔지? 맨발로 갔나?

아이는 잠들었겠지. 엄마가 엎고 갔겠지. 신발 챙기는 것을 깜박했겠지.

나는 속으로 묻고 대답했다.

방의 가장 안쪽, 책장과 벽 사이의 틈이 내 자리였다. 나는 거기 끼어 앉아서 책을 읽었다. 그 틈 앞에 섰다. 그곳은 비좁아져서 갑갑했다. 더 이상 들어갈 수 없는 곳이 되어 버렸다.

가방을 벗어 놓고 드러누웠다. 거인이 아이들만 놀 수 있는 방에 슬그머니 들어와 누운 것 같았다. 졸음이 몰려왔다. 잠이 들 때에는 정신이 블랙홀로 빨려 들어가는 기분이다.

땅 밑으로 기차가 지나가는 것처럼 등을 대고 누운 바닥이 덜컹거리는 소리를 내며 들썩거렸다. 나는 잠에서 깨어났다. 무엇인가가 덜컹덜컹 소리를 내며 가까이 다가왔다. 깜짝 놀라 벌떡 일어났다.

"제우, 오랜만이네."

김 선생님이다. 바퀴 달린 이동식 책꽂이를 밀고 방으로 들어오셨다. 나를 알아보고 내 이름을 기억하는 게 신기했다. 나도 김 선생님이 입고 있는 노란색 반팔 셔츠가 기억났다.

"안녕하세요."

자리에서 일어나며 인사했다.

"응, 못 보던 사이에 키가 많이 컸네."

김 선생님은 이동식 책꽂이에 놓인 책들을 책장에 꽂으며
정리했다. 이동식 책꽂이에 책이 많았다. 아이들이 다 읽은 책
을 그곳에 모아 둔 것이다. 아이들은 여전히 이 도서관으로 오
고 있었다. 괜히 안심이 되었다.

나는 엉거주춤 서 있었다.

왜 혼자냐고 물으면 어떻게 하지.

속으로 걱정했다.

"친구들은 잘 있니?"

김 선생님이 내 속을 꿰뚫어 본 듯 물었다.

"다, 코인 노래방에 갔어요."

내가 말했다.

말을 하고 보니, 나 빼고 저희끼리만 노래방에 간 아이들을
꼭 일러바치는 것 같았다. 쑥스러웠다. 동시에 정말 나 빼고 자
기들끼리만 노래방에 갔을까 하는 의문이 생겼다. 설마 그럴
리 없을 거라는 믿음도 아직 남아 있었다.

계속 서 있기에는 너무 어색했다.

"안녕히 계세요."

나는 인사를 하고 신발장으로 갔다.

"제우야."

신발을 신고 있는데 김 선생님이 불렀다.

"네."

"다음부터는 여기로 오면 안 돼. 너는 이제 2층으로 가야 돼. 알겠지?"

"네. 알겠어요."

나는 잠시 머뭇거리다가 대답을 했다.

신발을 신었다. 발가락 끝이 아팠다.

"제우야!"

장은하였다. 나는 고개를 들어 그쪽을 바라보았다. 장은하가 내 쪽을 향해 손을 흔들었다. 나도 장은하 쪽으로 손을 들어 보였다. 장은하는 한 손에 휴대폰을 들고 있었다.

장은하는 내 쪽으로 바로 오지 못했다. 여자아이들이 장은하가 들고 있는 휴대폰을 거의 빼앗다시피 했기 때문이었다. 장은하와 아이들은 머리를 맞대고 모여서 휴대폰을 들여다보았다. 그러다가 동시에 소리를 질렀다.

승준과 태희와 j는 여자아이 셋과 새로 생긴 코인 노래방에 갔던 것으로 밝혀졌다. 세 명의 여자애들 중에 장은하도 있었다. 그 일은 쉬는 시간마다 아이들 사이에서 이야깃거리가 되었다. 노래방에서 찍은 사진과 동영상도 돌아다녔다.

j는 책상을 한쪽으로 밀어 놓고 춤을 추었다. 아이들이 j를 빙 둘러서서 환호했다. 태희도 승준도 그곳에 있었다. 나는 눈길을 돌려 창밖 운동장을 내다보았다. 체육복을 입은 아이들

이 스탠드 한곳으로 모이고 있었다.

"제우야!"

장은하가 내 이름을 불렀다. 고개를 돌려 장은하를 보았다. 장은하는 손가락으로 자기를 가리키더니 이어서 나를 가리키며 고개를 끄덕였다. 내 쪽으로 가도 되느냐고 묻는 거였다. 나는 오른손을 들어 집게손가락과 엄지손가락을 붙여 원을 만들었다. 장은하가 아이들 사이를 이리저리 피하면서 내게로 다가왔다.

나는 기분이 좋아졌다. 나는 j를 신경 쓰지 않으려고 노력했다. 최선을 다해 나의 기분을 지켰다. j의 말만 듣고 장은하를 의심하는 짓은 두 번 다시 하고 싶지 않았다.

장은하는 내 앞자리에 옆으로 앉아서 나를 돌아보았다.

"어제 왜 안 왔어? 너도 오는 줄 알았는데."

"노래방 관심 없어. 도서관에 갔었어."

준비하지도 않았던 말이 술술 나왔다. 나를 바라보는 장은하의 눈동자가 반짝반짝 빛났다. 입술은 붉었다. 갑자기 긴장이 되었다. 입안이 말랐다.

"도서관? 새롬어린이청소년도서관?"

장은하가 물었다.

"아니, 황룡도서관."

장은하와 나는 도서관에 대해서 이야기를 더 나누었다. 나는 황룡도서관에 대해서 이야기했고 장은하는 새롬어린이청소년도서관 이야기를 했다.

태희와 승준도 다가와 이야기에 끼어들었다. 나는 우리가 어렸을 때 쓴 시를 읽었다고 말했다.

"시들, 아직도 벽에 걸려 있었어."

j의 휘파람 소리가 가늘고 길게 교실 안을 휘감았다. 나는 피하지 못하고 j의 휘파람 소리에 사로잡혔다. 나는 j가 있는 쪽을 쳐다보지 않으려고 애썼다. 차라리 황룡도서관 어린이실에 있는 나의 틈바구니에 다시 들어가고 싶었다. 그 틈에 끼어 앉아서 책을 읽을 때 나는 편안하고 세상은 아득했었다.

다 거짓말이야. 그래서 편안하고 아득했던 거야.

나는 누구와 j에 관한 이야기를 할 수 있지?

마음이 작게 오그라들었다. 부끄럽지만 솔직하게 말하자면, 더 작아져서 사라져 버리지 않으려고 조금 떨면서 이런 생각들을 간신히 붙잡았다.

돌아보지 않아도 j가 나를 쳐다보며 웃고 있는 게 시야에 잡혔다. 비웃음이었다. 나는 괴로웠다. 창피하더라도 솔직하게 말하자면, 겁을 먹었다. 그래서 괴로웠다. 몸은 거인같이 큰데 마음이 콩알만 하게 졸아들어 가고 있는 것이었다.

장은하와 승준, 태희의 이야기 소리가 멀어졌다. 교실의 모든 소음이 멀어지고 작아졌다.

황룡도서관에는 청소년실이 따로 없었다. 김 선생님은 나보고 2층으로 올라가야 한다고 말해 주었다. 2층은 성인들의 공간이었다. 새로 생긴 새롬어린이청소년도서관은 달랐다. 청소년을 어린이와 같이 붙여 놓았다.

우린 아직 어린아이들이라는 생각이 들었다. 모든 이야기들이 무의미해졌다. 나는 입을 다물었다.

바람이 불어왔다. 커튼이 날렸고 사물함이 있는 뒤편에서 덜커덩거리는 소리가 났다.

학교가 끝났다. 나는 다른 일이 좀 있다면서 서둘러 인사를 하고 혼자 나왔다. 허둥대는 꼴을 보이지 않으려고 이를 악물었다. 사냥꾼에게 몰리는 짐승처럼. 이런 말이 떠올랐다. 얼굴이 딱딱하게 굳어 갔다.

자전거 보관대로 가는데 발가락 끝이 아팠다. 나는 엄마에게 문자를 보냈다.

신발이 또 작아졌어.

엄마는 주말에 새 신발을 사러 나가자고 답을 보내왔다. 퇴근이 늦으니 저녁 식사는 혼자 해결하라고 덧붙였다.

나는 알았다고 답을 보냈다.

꼿꼿했던 마음이 조금 누그러졌다.

자전거를 꺼내는데 엄마에게서 전화가 왔다.

"발 많이 아프니?"

"아니, 조금."

"친구들하고는 잘 지내지?"

"응, 그럭저럭."

"제우야!"

엄마가 나를 불렀다. 우리는 짧은 순간 서로 침묵을 지켰다.

"만약에 누구하고 오해나 문제가 생기면, 꼭 그 사람에게 다가가서 말을 걸어야 돼. 그냥 놔두지 말고. 알겠니?"

"네."

나는 반사적으로 대답했다. 속으로는 엄마도 모르는 게 많다고 생각했다.

갈 데가 없었다. 학원으로는 가기 싫었다. 차와 사람의 통행이 뜸한 길로 들어서 황룡도서관 쪽으로 향했다.

공원을 통과할 때였다. 저만치 서 있는 나무 뒤편에 j가 있었다. j와 j의 자전거는 나무에 다 가려지지 않았다. j는 고개를 옆으로 기울여서 나를 쳐다보았다. 그리고 웃었다. 그 웃음이 얼음으로 만든 창처럼 내게 와 꽂혔다. 놈은 내가 황룡도서관 말고는 혼자 갈 곳이 없다는 사실을 알고 있었다.

나는 j를 돌아보지 않았다.

j가 화해를 청하고 싶어서 나를 기다리고 있는지도 모르잖아.

이런 생각이 떠올랐다.

거짓말이야. 어린이실에 있는 동화에나 나오는 이야기야. 현실이 아니야.

내가 겁먹은 나에게 대답해 주었다.

나는 발에 무게를 실었다. 페달을 힘껏 구르며 속도를 냈다. j를 지나칠 때 길게 이어지는 휘파람 소리를 들었다.

나는 돌아보지 않고도 j가 일정한 거리를 유지하며 나를 따라온다는 사실을 알았다. 땀이 비 오듯 쏟아졌다. 마음은 빙산처럼 꽁꽁 얼어붙어 있었다.

나는 도망치는가?

나는 도망치는 게 맞다.

나는 왜 도망치는가?

나는 j가 무섭다.

나는 왜 j가 무서운가?

나는 그 이유를 모르겠다.

나는 스스로와 솔직하게 이야기를 나눴다. 다른 누구와도 나눌 수 없는 이야기였다.

손등과 팔뚝에 물방울이 떨어지는데 땀방울인지 눈물방울인지 모르겠다. 간간이 j의 긴 휘파람 소리가 내 뒤통수를 휘감으며 싸늘하게 만들었다.

황룡산을 넘었다. 도서관이 있는 공터에 들어섰다. 속도를 늦추지 않았다. 어떤 남자가 도서관 건물이 드리운 그늘 아래에 의자를 놓고 앉아 책을 읽고 있었다.

j와 나 말고 다른 사람이 있으니 안심이 되었다. 무슨 일이 생기면 도움을 주거나 최소한 목격자가 되어 줄 수 있을 것이

었다.

나는 속도를 서서히 늦추면서 연못을 한 바퀴 돌았다. 조용했다. 분수의 물이 떨어지는 소리와 내 숨소리만 크게 들렸다. 나무 사이로 j가 내려오는 게 보였다. 나는 자전거를 세웠다. 도서관으로 들어갔다. 교복은 이미 땀으로 축축하게 젖어 있었다. 가방을 짊어지고 있는 등은 끈적끈적했다.

2층으로 올라갔다. 그곳은 처음이었다. 더 조용했다. 연못이 내려다보이는 창가로 갔다.

j는 바지 주머니에 두 손을 찔러 넣고 연못 주위를 돌고 있었다. 핸들을 잡지 않고도 몸을 유연하게 기울이며 자전거의 방향을 잡아 나갔다. 나는 용기를 내어 j를 똑바로 지켜보았다. j가 고개를 들어 내가 있는 쪽을 올려다보았다. 나는 움찔하며 뒷걸음질을 치려 했다. 그러나 무엇인가 물러서려는 내 등을 막았다. 나는 뒷걸음질을 치지 못하고 선 채로 비틀거렸다. 그 덕에 j를 계속 내려다볼 수 있었다.

어쩌면 j가 누구보다도 나와 더 친하게 지내고 싶어서 저러는 게 아닐까.

이런 생각이 들었다.

겁쟁이의 비겁한 거짓말이야.

내가 내 생각을 향해 단호하게 대답해 주었다.

도서관 건물 그늘에서 책을 읽고 있던 남자가 나타났다. 그는 j를 향해 무슨 말인가를 하더니 손으로 정문 쪽을 가리켰다.

j는 고개를 하늘로 향해 쳐들었다가 다시 수그리며 얼굴을 땅으로 향했다. 두 손은 바지 주머니에 넣은 채였다. 남자의 말을 무시하는 태도였다. 자전거는 일정한 속도를 유지했다. 그러나 끝까지 무시하지는 못했다. j는 주머니에서 손을 꺼내 핸들을 잡았다. 정문 쪽으로 핸들을 돌렸다. 내 시야에서 사라졌다.

가까이에 있는 의자에 주저앉았다. 바지가 젖어 있어 엉덩이가 척척했다. 눈물 두세 방울이 허벅지에 떨어졌다. 눈가에서 눈물이 마를 때까지 고개를 들지 않았다.

책장 넘기는 소리가 들렸다. 나는 고개를 들었다. 탁자 맞은편에서 한 노인이 돋보기를 들고 두툼한 옥편을 넘겨 보고 있었다. 한문으로 된 책과 공책도 펼쳐 놓은 채였다. 책도 두꺼웠고 공책도 두꺼웠다.

노인은 나한테 관심이 없었다. 나는 차츰 마음이 놓였다. 쫓기는 자의 마음이 사라져 갔다. 땀 냄새가 날까 걱정이 되기는 했지만 나는 조금 더 가만히 앉아 있었다.

자리에서 일어났다.

책장들 사이를 걸었다. 미로를 걷는 기분이었다. 2층은 아주 넓었다. 시작도 끝도 사라진 것 같았다. 나는 한쪽 방향으로만 걸어 나갔다. 언젠간 벽이 나타날 거라 여겼다. 그렇게 걸으면서 젖은 교복도 말리려 했다.

마침내 벽 앞에 도착했다. 책으로 꽉 찬 벽이었다. 다 다른 제목을 단 책들이 벽을 이루고 있었다. 나는 눈으로 책 제목을 읽어 나갔다.

『2천억 개의 은하』. 장은하가 떠올랐다. 장은하는 사소한 일로 남자아이들과 자주 다투는데, 그럴 때마다 장은하의 눈빛은 별처럼 반짝반짝 빛났다. j도 장은하한테는 꼼짝하지 못했다.

『침팬지의 서열』에서 눈길이 멎었다. 나는 책을 뽑았다. 침팬지의 집단 내에서 수컷들이 서열을 정하는 방법과 그것을 유지하고 뒤바꾸는 생태에 관한 보고였다. 인간의 정치와도 비교하고 있었다. 나는 후루룩 책을 넘겨 보다가 한 곳에서 멈췄다.

힘 있는 수컷은 저보다 약한 수컷의 등에 매달린다. 교미를 하는 것처럼 올라타고서 자신이 위에 있다는 사실을 인정받으려고 한다. 수컷의 이런 행동을 마운팅(mounting)이라고 한다.

"j, 이 자식이!"

나도 모르게 소리를 냈다. 얼굴이 후끈 달아올랐다.

j는 가끔 내 등을 올라탔었다. 그럴 때마다 나는 내 목을 휘감는 j의 팔을 풀면서 몸을 흔들어 j를 털어 냈다. 승준과 태희는 옆에서 웃었다. 나는 빈대처럼 달라붙지 말라고 짜증을 냈었다.

지금 돌이켜 보니 j가 승준과 태희의 등에 올라타는 것은 보지 못했다. 점프를 하거나 계단 위에 서 있다가 급습을 해 내 등에만 올라탔었다.

그러나 사람은 침팬지가 아니잖아. 침팬지와 다르잖아.

이런 생각이 떠올랐다. 나 스스로를 위로하는 말이었다. j의 행동을 침팬지 수컷의 행동과 같은 것이라고 받아들이기에는 내가 너무 비참했다.

나는 책을 다시 제자리에 꽂았다.

고개를 들었다. 위에 꽂혀 있는 책의 제목들을 읽어 나갔다. 다 다른 이름표를 달고서 정해진 자리에 앉아 있는 반 아이들이 떠올랐다. 제목이 다 다른 책들이 각기 다른 내용을 담고 있는 것처럼, 같은 교복을 입고 있지만 아이들도 다 다를 것이다.

j는 어떤 아이일까?

처음으로, j의 내면이 궁금해졌다.

『최초의 불은 상상이다』. 흥미를 끄는 제목이었다. 책은 손이 닿지 않는 높이에 있었다.

주위를 둘러보았다. 한쪽에 철제 사다리가 있었다. 나는 가방을 벗어 가까운 의자에 내려놓았다. 사다리 있는 곳으로 갔다. 천장에 고정된 사다리는 옆으로 밀어 이동할 수 있었다.

사다리를 옆으로 밀었다. 천장에서 쇠바퀴 구르는 소리가 났다. 고개를 들어 보니 끝에 바퀴 두 개가 달려 있었다. 바퀴들이 지나갈 수 있는 쇠로 만든 길도 천장에 있었다. 사다리가 이동할 때 바퀴들은 덜컹덜컹 소리를 냈다.

사다리를 올라갔다. 사다리는 전혀 흔들리지 않았다. 의외로 튼튼해서 딛고 있는 발과 쥔 손에 힘이 느껴졌다. 나는 사다리를 딛고 서서 책을 뽑았다. 불에 관한 책이었다. 책장을 넘기면서 큰 제목과 작은 제목 들을 읽고 사진과 그림 들을 구경했다. 여러 민족과 나라 들의 불에 대한 신화와 종교 들을 사진과 함께 소개했다. 큰 불이 났던 역사적 사실들과 불이란 무엇인가에 대한 자연과학적 사실들도 모아 놓았다.

나는 불을 숭배하는 종교에 대해서 알고 있었다. 불에 타서 완전히 재가 되어야만 다시 불 속에서 태어나 날아오르는 불사조에 대해서도 알고 있었다.

최초의 불에 대한 장이 흥미로웠다. 제목뿐만 아니라 내용까지 읽었다.

지구에 산소가 생기고 불에 탈 수 있는 마른 식물이 생긴 다음에 최초의 불이 탄생했다. 그 불을 본 사람은 없었다. 그때 지구에는 아직 사람이 없었다. 사람이 생기기 훨씬 전의 일이었다. 동물들도 없었다. 그래서 최초의 불은 분명하게 있었을 것이나, 우리는 그것을 상상할 수밖에 없다는 내용이었다.

나는 책을 손에 든 채 눈을 감았다.

사람이 아직 없던 지구를 상상했다. 아무도 없었다.

어느 날 어느 순간 번개가 쳤다. 최초의 불이 확 하고 일어났다. 내 마음에도 확, 하고 불이 일어났다. 뜨거웠다.

눈을 떴다. 조그맣게 위축되고 마음이 꽁꽁 얼어붙을 때마다 최초의 불을 상상하기로 했다. 지구상에 사람이 아직 없던 시간으로 이동하는 것이다. 도망치는 것이라고 해도 좋다.

책을 제자리에 꽂았다. 사다리에서 내려왔다. 사다리를 옆으로 옮겼다. 다시 올라갔다. 사다리에 올라서서 책을 보는 일은 색달랐다. 모든 책들은 나를 위해 있는 것 같았으며 나 스스로가 멋있어 보였다.

『덜컹거리는 존재』.

나는 책 제목을 한동안 마주 보았다. 제목이 꼭 내 이름표 같았다. 내 이름은 한제우, 덜컹거리는 존재. 책을 뽑았다. 아무 데나 펼쳐 보았다.

존재는 거짓에 닿게 되면 덜컹거린다.

무슨 의미인지 정확하게 알 수 없는 문장이었다. 수수께끼 같았다. 마음에 들었다. 나는 책을 빌리기로 마음먹었다. 책을 들고 사다리를 내려왔다. 원래 있던 자리로 사다리를 밀었다. 소리가 나지 않도록 조심했다.

저녁 어스름이 내리고 있었다. 달리는 차들은 전조등을 켰다. 가로등도 불을 밝혔다. 나는 자전거를 끌면서 천천히 걸었다. 배가 고팠다. 김밥나라로 갔다.

"어서 와."

주인아주머니가 나를 반겼다. 다른 손님은 없었다. 문 닫을 시간이 거의 다 된 것이다.

"안녕하세요."

"오늘은 혼자네."

아주머니가 수저통에 수저를 넣으면서 말했다. 혼잣말 같아서 대답하지 않았다. 아주머니는 수저가 담긴 소쿠리를 들고 다른 탁자로 옮겨 갔다. 수저들이 은색으로 빛났다. 나는 아주머니가 떠난 탁자에 앉았다.

"라볶이 하나랑 고추김밥 하나요."

매운 것을 주문했다.

"오늘은 라볶이 주문이 많네. 떡이 남아 있는가?"

주인아주머니가 주방을 향해 말하면서 김밥 싸는 자리로 갔다.

"떡이 조금 남아 있긴 해. 내일 잊지 말고 주문 넣어야겠어. 이상해. 어떤 날은 비빔밥 손님이 많고 어떤 날은 하루 종일 쫄면만 주문하잖아. 오늘은 정말 모두 짠 것처럼 라볶이네."

주방 아주머니가 대답했다. 노래하는 것처럼 말했다.

나는 수저를 꺼냈다. 할 일이 없었다. 김밥나라에 혼자 온 것은 처음이었다. 대개 j와 승준, 태희 등과 함께 왔었다. 휴대폰을 꺼내 보기는 싫었다. 빌린 책을 꺼내 읽기는 왠지 쑥스러웠다.

셀프 코너로 갔다. 국물을 떠서 탁자로 옮겼다. 세 칸으로 나

넌 반찬 그릇에 단무지와 진미채와 김치를 담았다. 다시 자리에 앉았다. 수저와 국그릇과 반찬 그릇을 단정하게 배치했다.

오늘 김밥나라에는 라볶이 주문이 많았다. 오늘 나는 j에 대한 생각뿐이었다. j를 떠올리거나 떠올리지 않거나 j는 하루 종일 등에 짊어진 가방처럼 내게 달라붙어 있었다. 아니, 나 자체가 대부분 j에 대한 생각으로 이루어진 것 같았다.

"이상해."

나는 주방아주머니가 했던 말을 따라했다.

j다.

나는 서둘러 자전거에서 뛰어내렸다. 나도 모르는 사이에 뒷걸음질을 치며 나무 그늘로 몸을 숨기려고 했다. 나는 참았다. 성공했다. 그늘로 숨지 않고 가로등 불빛 속에 있었다.

j는 놀이터 그네에 앉아 있었다. 거기 앉아서 고개를 들면 6층 우리 집이 바로 보였다. 나는 우리 집을 올려다보았다. 불이 꺼져 있었다. 불 꺼진 내 방 창문을 한참 쳐다보았다.

나는 눈을 꾹 감고 최초의 불을 떠올렸다. 확, 감고 있는 눈 앞에서 최초의 불꽃이 피어올랐다. 후들, 몸이 떨렸다. 그때 어떤 힘이 나를 떠밀었다.

가서 말을 걸어.

엄마 말이 떠올랐다.

나는 자전거를 끌며 j를 향해 걸었다.

"야, j. 너 여긴 어쩐 일이니?"

큰 소리로 말했다.

도서관이 피난처일 때도 있었습니다.

세상은 전쟁터 같았고, 저는 어디에서도 평온을 얻지 못했습니다.

평온을 구하지 못한 저 자신도 전쟁터였지요. 집조차도 제게 적의를 드러냈습니다.

정처 없이 거리를 헤매다가 우연히 도서관을 발견했습니다. 도서관은 제게 관심이 없었습니다.

회사를 다니는 것처럼 도서관을 다녔습니다. 근무하는 자세로 책을 읽었지요.

신기한 일이었습니다. 책을 읽고 있을 뿐이었는데, 전쟁은 끝이 나고 세상에 평온이 찾아오기 시작했습니다.

사는 곳 가까이에 좋은 도서관이 있기를 늘 희망합니다.

신현이

○ 소설에서 한제우가 도서관에서 얻게 되는 인류학적이고 자연과학적인 지식은, 올봄 인문학교 장숙에서 함께 읽으며 공부했던 칼 세이건·앤 드루얀의 『잃어버린 조상의 그림자』(김동광 옮김, 고려원미디어 1995)의 도움을 받았습니다. 제가 읽은 책은 현재 절판되었으나, 『잊혀진 조상의 그림자』(김동광 옮김, 사이언스북스 2008)로 재출간되었습니다.

책내기   이
                                          희
                                          영

이
희
영

2013년 「사람이 살고 있습니다」로
김승옥문학상을 수상하며 작품 활동을 시작했다.
장편소설 『나나』 『챌린지 블루』 『테스터』 등을 썼다.
『페인트』로 제12회 창비청소년문학상을,
『너는 누구니』로 제1회 브릿G 로맨스스릴러 공모전
대상을 받았다.

이곳은 미완의 서만이 존재한다. 그럴싸하게 들리겠지만, 완성된 책은 한 권도 없단 뜻이다. 이야기가 끝난 책은 더 이상 보관하지 않는다. 어디로 가는지는 모른다. 이곳에 총 몇 권의 책이 있고 그 책들이 어떤 기준으로 분류되어 있는지조차 알 수 없다.

"이 책은 여전히 이야기에 진척이 없어. 맨날 그 얘기가 그 얘기야."

풋뜸이 팔랑 책장을 넘겼다. 페이지가 넘어갈수록 한숨이 나왔다. 지루하고 따분하며 안쓰럽기까지 한 책이다.

"좀 과감하면 좋잖아. 맨날 똑같은 일상 말고 모험을 떠난다든지, 새로운 일에 도전해 보든지, 아니면 어디 멀리 여행이라도 가는 게……."

등 뒤에서 자박자박 소리가 들려왔다. 풋뜸이 흠칫 놀라 몸을 떨었다. 그 바람에 손에 들고 있는 책을 놓칠 뻔했다. 이곳에서 가장 중요한 것은 바로 책이다.

"앗!"

풋뜸이 재빨리 책을 끌어안았다. 순간적으로 가슴이 심하게 요동쳤다. 그 이유가 누군가의 예고 없는 등장 때문인지, 책을 떨어뜨릴 뻔해서인지는 알 수 없었다. 분명 둘 다겠지.

"귀한 책을 함부로 다루는구나."

목소리만으로도 알 수 있었다. 갑자기 나타나 깜짝 놀라게 한 이가 누군데? 풋뜸이 입술을 비죽이고는 뒤돌아 히죽 웃었다.

"이렇게 잘 잡았잖아요."

바치 님이 가까이 다가왔다. 입가에 기묘한 미소는 속마음을 꿰뚫었다는 뜻이다. 서늘한 눈빛을 피해 풋뜸의 시선이 발끝으로 떨어졌다.

"너는 이 책이 지루하구나?"

분명 품에 안고 있었는데, 책은 어느 틈에 바치 님 손에 들려 있었다. 언제쯤 저런 능력이 생길까? 이곳에 있는 책을 얼마큼 배우고 익혀야 바치 님처럼 멋진 책지기가 될까. 풋뜸이 동경하는 눈빛을 반짝이며 입을 열었다.

"별 내용이 없어요. 늘 똑같은 이야기 반복이잖아요."

비단 이 책뿐만이 아니었다. 대부분 비슷한 이야기가 기록되어 있었다. 서로 다른 제목은 큰 의미가 없었다. 이 책 제목을 저 책에 붙여도, 저 책과 이 책의 목차를 바꿔도 별반 이상할 게 없었다.

"그래서 이곳의 책들이 지루하다?"

바치 님이 눈썹을 움찔거렸다. 예감이 좋지 않았다. 그러나 거짓을 말하고 싶지 않았다. 마음에도 없는 말로 둘러대 봤자, 돌아오는 건 쯧쯧 혀 차는 소리밖에는 없을 테니까.

"아니라고는 말 못 하겠어요."

풋뜸이 손가락을 꼬물거렸다. 목소리가 힘을 잃고 허공에 사라졌다. 귓가에 또다시 익숙한 발소리가 들려왔다. 눈앞에 새하얀 미소가 목련처럼 피어났다.

"그럼 오늘은 조금 덜 지루한 책들을 보러 갈까?"

길고 하얀 손가락이 톡톡 어깨를 다독였다. 동그란 눈동자를 부풀리며 풋뜸이 소리쳤다.

"오늘은 다른 책들을 볼 수 있는 건가요?"

"따라와라."

안 그래도 좀이 쑤시던 참이었다. 다른 서가의 책들을 보고 싶지만, 바치 님의 허락 없이는 불가능했다. 풋뜸은 책내기였다. 정식 책지기가 아니었다. 하는 일이라고는 서가를 청소하고, 벌레가 좀먹지 않았는지 책의 상태를 확인하며, '오늘의 새 이야기는 뭘까?' 들여다보는 것이 전부였다. 이곳의 방대한 서가에 비한다면, 풋뜸이 관리하는 책이라 봤자 몇 권 되지 않았다. 그마저도 온통 지루하고 따분한 이야기뿐이었다.

방금 풋뜸이 본 책만 해도 그랬다. 주인공은 어제도, 그제도,

일주일 전에도 늘 같은 시간에 일어나 출근을 하고 점심을 먹었다. 퇴근하는 길에는 집 앞 편의점에 들러 좋아하는 과자를 샀다. 간식을 먹으며 영화를 보는 게 마지막 일과였다.

물론 풋뜸도 모르지 않았다. 모두 비슷한 시간에 일어나 아침을 열고, 점심 메뉴라고 해 봤자 두서너 가지를 반복해서 먹는, 이런 하루야말로 주인공들의 진짜 삶이라는 것을……

"그런데 그 책 주인공은 영화도 똑같은 것을 수십 번 본단 말이죠. 아예 대사를 다 외울 정도라니까요. 안 그래도 책 한 페이지 한 페이지가 늘 똑같은 이야기로 점철되어 있는데, 보는 영화만이라도 새로우면 얼마나 좋아요?"

풋뜸이 깍지 낀 손을 머리 위에 얹으며 중얼거렸다.

"너는 그 책의 주인공이 어떤 이야기를 그려 내길 바라니?"

바치 님이 물었다. 풋뜸이 왼쪽 허공을 바라보았다.

"자신의 책에 활력을 불어넣었으면 좋겠어요."

'어떻게?' 바치 님이 눈으로 물었다.

"용기를 내야죠. 더 멋진 이야기를 쓰기 위해서."

탕탕 가슴을 때리며 풋뜸이 대답했다.

"읽는 사람 생각도 해 줬으면 좋겠어요."

그 책은 다음 장, 그다음 장에도 늘 똑같은 이야기만 적혀 있을 것이다. 바뀌는 것이라면 점심 메뉴와 편의점에 산 과자 종류와 신작 영화 정도랄까? 짧은 한숨을 내쉬는데 바치 님이 걸음을 멈췄다. 뒤따르던 풋뜸도 그 자리에 멈춰 섰다.

"여기다."

한 번도 본 적 없는 문이 눈앞에 나타났다. 그래, 바로 이곳이다. 이 문 너머에는 새로운 책들이 있을 것이다. 풋뜸의 가슴속에서 작은 나비가 파닥거렸다. 기분 좋은 떨림이 온몸으로 퍼져 나갔다.

"들어가 보겠니?"

바치 님이 물었다. 풋뜸이 크게 고개를 주억였다. 삐거덕 소리를 내며 문이 열렸다. 비강 가득 기묘한 책 냄새가 느껴졌다. 복숭아처럼 달콤한 향기는 풋감처럼 떫게 변하더니 맑은 녹차처럼 쌉싸름하고 진하게 풍겨 왔다.

"이곳에는 어떤 책이 있어요?"

'글쎄?' 싶은 표정으로 바치 님이 웃었다. 그 미소가 오히려 풋뜸을 긴장시켰다. 정체를 알 수 없는 향기만큼이나 싸한 기운이 등허리를 훑어 내렸다.

안 좋은 예감은 왜 이리 정확할까? 먹구름을 보며 비를 떠올리듯 불길함은 여지없이 맞아떨어졌다. 새 책들을 만나러 간다기에 마냥 들떠 있었다. 그런데 설마 이런 곳으로 오리라고는 생각지 못했다. 풋뜸이 어깨까지 들썩이며 길게 한숨을 쏟아 냈다.

"이게 책이에요?"

목소리에 선명한 짜증이 묻어났다. 바치 님은 언제나처럼 은근한 미소만 지었다. 풋뜸이 두 볼을 부풀리며 책들을 한 권 한 권 (물론 이것들을 책이라 칭할 수 있다면) 눈으로 훑었다.

책시렁에 나란히 꽂힌 책들에 비한다면, 이곳에는 차마 책이라는 말이 나오지 않는 것들뿐이었다. 제목도 분류 번호도 없이 한 권으로 엮이지 못한 낱장의 종이 다발이 곳곳에 쌓여 있었다. 마치 거대한 벌집과도 같았다. 작은 구멍 하나하나에 종이 다발이 들어 있었다. 한 권으로 엮이지 못해 이렇게라도 분류해 놓은 모양인데, 왜 이렇듯 형편없이 보관하는지 이해되지 않았다. 풋뜸이 이런 고민에 빠져 있는 사이, 바치 님이 다가와 부드럽게 어깨를 다독였다. 조금 더 가까이에서 보라는 뜻이었다. 풋뜸이 종이 다발을 향해 걸음을 옮겼다. 수천 개의 구멍 속에는 각각의 원고 뭉치가 놓여 있었다. 흘낏 고개를 돌린 곳에, 바치 님이 서 있었다.

"궁금하면 꺼내 봐."

봄 햇살 같은 목소리가 날아들었다. 풋뜸이 눈앞의 종이 다발을 집어 들었다.

"이게 뭐야?"

종이는 단순히 미완성된 책이 아니었다. 제목과 분류 번호는 고사하고, 각 페이지를 나타내는 숫자도 없었다. 어떤 내용인지조차 파악되지 않았다. 그림도 글자도 아닌 것들이 기묘한 모양으로 찍혀 있었다.

설마 싶은 마음에 옆 칸의 종이들도 꺼내 보았다. 역시 페이지가 없었다. 기묘한 그림들이 새겨져 있는데, 어떤 곳은 온통 검은색이었다가, 다음 장은 빨간색으로 칠해져 있었다. 대체 주인공이 누구인지 무슨 이야기를 하려는지 전혀 이해되지 않았다.

"저기요, 이건……."

"책이다."

"하지만 내용이……."

"책이라 했다."

"제목도, 분류 번호도, 기록된 이야기도 없어요. 그런데 이게 책이라고요?"

풋뜸이 손에 쥔 것을 거칠게 흔들었다. 묶이지 못한 종이들이 차륵차륵 울었다. 바치 님의 얼굴에 미소가 사라졌다. 흠칫 놀란 풋뜸이 종이 뭉치를 얌전히 제자리에 두었다.

"책은 무엇이니?"

새벽 공기만큼이나 차가운 목소리였다. 풋뜸이 습관처럼 발끝을 내려다보았다. 책이 무엇이냐 묻는다면, 절대 모르지 않았다. 다만 한마디로 정의 내리기가 어려웠다. 열린 창문으로 강한 바람이 불어왔다. 바치 님의 옷자락이 펄럭이다 날개를 접은 새처럼 내려앉았다.

"이야기가 기록되어 있는……."

기본적인 대답이 최선이라 생각했다. 그러나 목소리는 힘없이 허공에 흩어졌다.

"진실한 이야기가 담긴 게 책이다. 어떤 모습으로 어떻게 기록되어 있는지는 그리 중요치 않아. 설령 남이 이해하지 못해도 상관없다. 사실 누구도 그 책의 내용을 온전히 알아내는 건 불가능에 가까워. 때론 그 책의 주인공들도 이해 못 할 때가 있으니까."

바치 님의 설명은 짧고, 간결하며 또한 힘이 있었다.

"다시 묻겠다. 네 눈앞에 있는 것들이 아직도 책으로 보이지 않니?"

네, 한마디가 목구멍까지 치솟았다. 하지만 마른침을 삼키는 것으로 대답을 미뤘다. 바치 님이 비스듬한 시선으로 풋뜸을 내려다보았다.

"네가 새 책들을 만나고 싶다 해서, 큰마음 먹고 이곳으로 안내했다. 그러니 너는 오늘부터 이곳의 책들을 잘 살펴야 할 것이야. 우선 제일 먼저 청소를 시작하는 게 어떻겠니?"

"네?"

대답은 생각을 통과하지 않고 튀어나왔다. 감히 이성 따위가 개입될 문제가 아니었다. 낱권의 책들을 관리하기도 힘든데, 이 종이 뭉치들을, 제목과 분류 번호, 목차와 더욱이 페이지조차 없는 원고도 뭣도 아닌 것들을 살피고 청소하라고?

"저기 이건 아무래도."

"그럼 수고해."

바치 님이 싱긋이 웃고는 가볍게 몸을 돌렸다.

"창문을 활짝 열어 놓아라. 알다시피 책은 통풍이 잘되는 곳에 보관해야 하는 법이야. 이곳은 제법 바람이 부드럽지 않니?"

그 말을 끝으로 새하얀 뒷모습이 사라져 버렸다. 풋뜸이 뒤돌아 끝도 없이 이어지는 네모들의 반복을 바라보았다. 그 안에 얌전히 잠들어 있는 종이들은, 조금만 잘못 건드려도 성난 참새 떼처럼 푸드덕 날아오를 것만 같았다.

"망했다."

풋뜸이 머리를 움켜쥐고는 끙 소리를 내뱉었다.

⌒⌒

상대를 속이는 건 비겁하다. 그러나 자신을 속이는 건 비참하다. 인간이 가장 많은 거짓말을 하는 대상은 어쩌면 스스로가 아닐까. 괜찮은 척, 쿨한 척, 별일 아닌 척 웃지만, 거울을 볼 때마다 그 너머의 얼굴을 똑바로 볼 수 없었다.

비참하고 안쓰럽고 지질해서, 바보 같고 한심하고 미련 맞아서 참을 수가 없었다. 나는 내가 이 정도로 가식적이고, 나약한 인간인지 미처 몰랐다. 그동안 제대로 알 기회조차 없었다. 물론 그 일을 계기로 알게 되어 천만다행……이겠지만.

내가 알게 된 것은, 나라는 존재가 지독한 허세덩어리라는 사실이었다.

"강한결, 그게 너와 나의 차이야. 나는 내 감정에 충실했고, 너는 네 감정에 무지했어."

그리고 사랑이란, 중국집에서 짜장면을 먹으려다 짬뽕으로 바꾸는 일만큼 간단하다는 것이었다. 사랑이 어떻게 변하느냐고? 한여름 실온에 방치한 우유만큼 빨리 변하는 것이 사랑이다. 그 간단한 진리를 친히 알려 준 녀석이 바로 한가온이다. 아니 가온이었다,라고 말해야겠지만.

"쿠폰 생겼어. 커피 마실래?"

가온이 처음 말을 걸어왔고,

"도서관이 더 시끄럽지 않냐? 스터디 카페 가자. 요즘 할인 행사 해서 안 비싸."

가온을 따라 함께 공부했다.

"더운데 시원하게 팥빙수 먹으러 가자."

커다란 빙수를 사이에 둔 채 두 사람이 마주 앉았고,

"내가 너 좋아하잖아. 몰랐어? 나 커피 쿠폰 없었어. 그 스터디 카페 할인 행사 안 해."

가온이 먼저 고백했다. 그리고 나는 먹던 얼음 알갱이를 내뿜었다. 녀석이 왜 이리 다가올까 의심스럽기는 했다. 하지만 이렇게까지 풀 액셀러레이터를 밟을 줄 몰랐다. 가온은 직진 본능에 충실한 녀석이었다.

"왜? 나 싫어?"

그날 가온의 표정은 지금도 또렷하다. 빙긋이 웃는 미소는

'너는 나를 거절하지 못해.'라는 자신감이 아니었다. '싫다 해도 괜찮아.'라는 배려가 넘치는 얼굴이었다. '응, 싫어.'라고 말하면 '어, 그래?' 하고 웃으며 뒤돌아설 것 같았다. 녀석이라면 충분히 그러고도 남을 터였다.

"아…… 아니."

한심하기 짝이 없는 대답이었다. 그러나 그 한마디가 바늘이 되어, 관계를 촘촘하게 매듭지어 주었다. 우리는 서먹한 친구에서 어색한 연인이 되었다. 한 명이 돌아서면 나머지 한 명은 휴학이든, 자퇴든 할 수밖에 없다는 무서운 CC 말이다.

내가 가온을 통해 알게 된 것은 이뿐만이 아니었다. 두 사람이 동시에 사랑을 시작해도, 서로의 속도와 온도가 다르다는 점 역시 가온에게 배웠다. 가온이 스프린터라면 나는 마라토너였다. 녀석이 70도만 넘어도 끓어오르는 에탄올이라면, 나는 100도가 되어야만 끓기 시작하는 물이었다. 우린 나란히 출발선에 섰지만, 결과는 달랐다. 가온은 상대가 결승선에 도착할 때까지, 사랑에 완전한 온기가 차오르기까지 기다려 주지 않았다. 시간은 그렇게 흘러 봄 여름 가을 겨울을 지나 다시 봄이 돌아왔다.

"야! 한가온 경영학과 선배랑 요즘 되게 친하더라. 나도 같은 교양 듣잖아."

"알아."

"너도 알고 있었구나. 하여간 쓸데없는 오지랖들은. 두 사람

별 사이 아닌데."

"응."

"미안하다. 애들이 자꾸 수군거려서. 그 선배랑 가온이가 사
귀니 어쩌니 자꾸만 헛소리……."

"헛소리 아니야. 둘이 사귀는 거 맞아."

"……."

"그 선배가 아니라 나랑 별 사이 아니라는 얘기야. 우리 끝
났어."

더 정확히는 가온이 끝냈다. 나는 이제야 마음이 보글거리
는데, 녀석은 차갑게 식어 있었다. 처음 다가왔을 때처럼 가온
은 뒤돌아설 때도 전혀 망설임이 없었다. 덕분에, 선배와 가온
의 시작을 가장 처음 알게 된 사람은 나였다. 또 덕분에 '애들
이 이상한 소리 하던데.' '너 그 선배랑 설마…… 아니지?' 따
위의 비루한 말들을 생략할 수 있었다. 참 눈물 나게 고마웠다.

그 후로 우리 둘의 관계는 학교 앞 주점에서 먹태가 됐다.
식당에서 오징어채가 됐으며, 도서관 옆 휴게실에서는 아작아
작 과자가 되었다.

"어째 처음부터 둘이 좀 안 맞는다 했어."

"그 선배랑은 조별 과제 하다가 가까워졌나 봐. 그 조에서
둘만 준비했대. 나머지는 숟가락만 얹으려 했고. 선배가 마지
막에 조원 이름 시원하게 빼 버렸잖아."

"야, 지난번에 한결이랑 학식 먹는데, 두 사람 들어와서 떡

하니 밥 먹더라."

"한결이 못 봤나 보지."

"봤어. 가온이 개, 우리 보며 싱긋 웃기까지 하더라."

"강한결 그 자식도 되게 침착해. 둘이 진짜 사귀었나 싶더라니까?"

"가온이가 한결이한테 제일 먼저 말했다며. 솔직히 사랑하면 죽을 때까지 가야 해? 이미 마음 떠났는데 미련 가져 봤자 지질하단 소리밖에 더 듣냐?"

그런 인간들에게 일일이 우리의 속도와 끓는점을 설명할 필요는 없었다. 사랑에 더 충실했던 사람이 가온이었단 말도 의미 없었다. 녀석은 쉽게 상대를 바꾼 것이 아니었다. 어쩌면 가온에게 진짜 어울리는 사람은 선배일지도 몰랐다. 그러나 그 소리를 입 밖으로 내는 순간, 나만 바보가 되어 버릴 것이다. 그 모든 감정은 언어로 표현되지 않았다. 가온과 한때 연인이었던 나만 유일하게 알 수 있었다.

봄은 돌아왔지만, 가온은 돌아오지 않았다. 나는 휴학이나 자퇴를 하는 대신, 그저 군대를 택했다. 한없이 느리게 째깍거리는 국방부 시계도, 시계는 역시 시계였다. 세월의 흐름을 막지 못했다.

"민간인이 된 거 환영한다. 복학하기 전에 뭐 할 거야?"

"아르바이트부터 구해야지."

술잔이 비워지고 채워졌다. 숯불에 고기가 노릇하게 익어

갔다. 한겨울 거리가 빛으로 물들었다. 취기 오른 눈가가 홧홧하게 붉어졌다.

"들었냐? 작년 말에 둘이 같이 캐나다로 유학 갔다."

그 한마디에 밍밍하던 술이 쓰게 넘어갔다.

"알아."

알고 있었다. 두 사람은 출발점이 같다는 사실을. 나란히 보폭을 맞추고 끓는점도 비슷했겠지. 가온이 나를 기다려 주지 못한 게 아니었다. 내가 녀석을 따라가지 못했다. 누구의 잘못도 배신도 아니었다.

"악연이었다 생각해."

"……"

"하긴 쿨한 강한결은 벌써 다 잊었지?"

악연은 더더욱 아닐 것이다. 애써 마신 술이 깨 버렸다. 두 번 다시는 누군가를 만날 수 없으리라 생각하며, 아니 다짐하며 나는 빠르게 잔을 비웠다.

～～

"망했다. 완전히 망했어."

풋뜸이 발을 동동거리며 소리쳤다. 물론 알고 있었다. 이곳이 여타 서가와 다르다는 것을. 책시렁이 아닌 벌집 같은 공간에 책, 그러니까 종이 뭉치를 보관하고 있다는 사실을 말이다.

모든 책에는 고유 번호가 있다. 제목도 있다. 지금까지 담당한 책들은 눈을 감고도 그 순서를 나열할 수 있었다. 창문을 열고 서가를 꼼꼼하게 청소하는 건, 그야말로 일도 아니었다. 하지만 이곳은 아니다. 하나로 묶이지 않은 종이들이 칸칸이 잠들어 있었다. 제목이나 일련번호, 쪽수도 기록되어 있지 않았다. 아니, 내용조차 파악할 수 없었다.

그러니 책을 모두 끄집어내어 시원스레 책시렁 구석구석을 청소할 수 없었다. 먼저 칸칸마다 순서대로 종이 뭉치를 하나씩 꺼낸 뒤, 그 안을 닦아 내야 했다.

"이렇게 해서 언제 이 넓은 곳을 다 청소해."

하여 한 번에 서너 개의 종이 뭉치를 꺼낸 후 빠르게 안을 닦아 내기 시작했다. 그때 활짝 열린 창문으로 강한 바람이 밀려 들어왔다. 찰나의 순간, 바닥에 얌전히 놓아둔 종이 뭉치들이 일제히 날아올랐다.

"안 돼."

소리쳤을 땐 이미 늦어 버렸다. 자유롭게 비상한 종이들은 커다란 눈송이처럼 흩어져 내렸다. 사방이 종이 낱장들로 빼곡했다.

풋뜸이 서둘러 떨어진 종이들을 집어 들었다. 그러나 무엇이 첫 장인지, 각각 어느 뭉치에서 빠져나온 것인지 알 수 없었다.

"알 턱이 없겠지."

한 권으로 묶이지 않은 원고들이 죄다 섞여 버렸다. 쪽수도 내용도 알 길이 없었다. 파란 그림 뒤에 붉은 그림인지, 검은 문양 뒤에 초록 문양인지 아무리 봐도 알 수 없었다. 풋뜸이 힘을 잃고 털썩 바닥에 주저앉았다. 머릿속이 새하얗게 변해 버렸다.

"누가 주인공인지 모르겠지만 큰일 났다."

정말 큰 사고가 터져 버렸다. 하지만 망연히 앉아 있을 수만은 없었다. 풋뜸은 왼손에는 파란색을, 오른손에는 회색을 들고 고민했다.

"몰라. 우선 대략 정리부터 하고 나중에……."

눈앞으로 익숙한 얼굴이 스쳐 지났다. 이곳에서 가장 중요한 것은 책이다. 이야기를 기록해 나가는 주인공들이다. 그 보물을 함부로 다뤘으니, 바치 님이 화를 내실 건, 안 봐도 빤했다. 훌륭한 책지기가 되겠다는 꿈은 바람을 타고 멀리멀리 날아가 버렸다.

"인생 제대로 꼬이는 거 아니야?"

그것이 풋뜸 자신의 인생인지, 이 정체 모를 책 속 주인공의 인생인지는 알 수 없었다. 분명 둘 다겠지.

⌒⌒

"아니 갑자기 이러는 법이 어디 있습니까? 오늘부터 나오라면서요. 다른 아르바이트 면접도 모두 취소했다고요."

"미안해요. 그런데 나도 환장하겠어요. 갑자기 사장이 가게를 접겠다는데……."

말이 되지 않았다. '가게를 접을 사람이 아르바이트 공고를 냈다고? 직접 면접까지 봤다고? 복학해도 계속 다녀 줬으면 좋겠다며 내 손까지 꽉 움켜잡았다고? 지금 장난해?' 소리가 목구멍까지 치받치고 올라왔다.

"모르겠어요. 우리도 이게 뭔 마른하늘에 날벼락인가 싶어요. 미안한데 돌아가요. 아, 그쪽은 아르바이트지만 우리는 생계가 걸린 문제야."

홀 서빙 담당자라고 했나? 적잖이 심란한 얼굴을 보니 거짓은 아닌 것 같았다. 나는 자리에서 일어나 미련 없이 가게를 나왔다. 시급이며 근무 조건이 나쁘지 않았다. 무엇보다 사장의 선한 얼굴이 마음에 들었다. 복학하면 시간은 얼마든지 조정할 수 있다 했다. 갈비도 물리도록 먹을 수 있다 했다. 오래 일해 줬으면 좋겠다며 눈가에 주름이 접히도록 웃었는데…….

"아, 진짜 뭐 이런 경우가 다 있어?"

거칠게 뒷머리를 긁적였다. 어째 일이 잘 풀린다 했다.

"와, 시작부터 꼬이네."

배 속이 시끄럽게 요동쳤다. 꼬이는 게 어디 삶뿐일까? 아침부터 굶었더니 속이 다 쓰렸다. 갈비는커녕 물 한잔도 얻어 마시지 못했다. 걸음을 옮기는데, 고소한 냄새가 콧속을 파고들었다. 고개가 절로 돌아갔다.

"파르팔레?"

뭔가에 홀린 듯 가게 안으로 들어섰다. 진한 크림과 치즈 향이 느껴졌다. 그제야 이곳이 무엇을 파는 가게인지 알 수 있었다. 갑자기 누군가의 얼굴이 떠올랐다. 몇 번인가 함께 먹은 적이 있었다. 가온은 파스타를 좋아했다.

"어서 오세요."

주춤거리는 나를 보며 종업원이 반갑게 인사했다.

"혹시 일행분을 찾으시나요?"

파스타집에 남자 혼자 오는 거, 전혀 문제 되지 않았다. 그럼에도 괜스레 귓불이 화끈거렸다.

"아니요. 저 혼자……."

가온과 헤어진 후로, 한 번도 파스타를 먹은 적이 없었다. 싫어하진 않지만 직접 찾아 먹을 정도의 메뉴도 아니었다. 그런데 어쩌자고 혼자 여기까지 왔을까? 단순히 배가 고파서? 김밥을 먹으면 천국 간다는 분식집이나 갈 것을…….

"그럼 자리 안내해 드리겠습니다."

조금, 아니 많이 늦었다. 정신을 차렸을 땐 나는 이미 자리에 앉아 메뉴를 보고 있었다.

"봉골레 주세요."

"저기……."

종업원이 말끝을 흐렸다. 설마 봉골레 안 된다는 건가?

"왜요? 봉골레 안 돼요?"

"아닙니다. 준비해 드리겠습니다."

종업원이 뒤돌아섰다. 단발머리가 나풀나풀 움직였다. 아르바이트는 시작도 전에 잘리고, 엉뚱한 파스타집에서 점심을 먹다니. 무엇 하나 말이 되지 않는, 이상한 날이었다.

'너 크림 싫어하지? 그럼 봉골레 먹어. 훨씬 담백해.'

지금 생각해 보면, 가온은 나에 대해 많은 것을 알고 있었다. 입맛도 취향도 좋아하는 색깔까지. 그런 녀석에 비해 나는 아무것도 몰랐다. 몰라도 된다고 생각했다. 가온이 알아서 다 하리라 믿었으니까.

"봉골레 나왔습니다."

조개가 잔뜩 들어간 파스타가 테이블 위에 놓였다. 요동치던 배 속이 거짓말처럼 조용해졌다. 막상 먹으려고 보니 오히려 입맛이 돌지 않았다.

"저기요."

포크를 집어 드는데 종업원이 물었다.

"혹시 황호중 나오지 않았어요?"

뭐지 싶었지만 일단 고개는 끄덕였다. 내가 그 중학교를 나온 건 맞으니까.

"아, 맞네. 한결같은 한결이. 나 최다솜. 2학년 5반 반장. 기억 안 나?"

그 한마디가 나를 10년 전으로 데려다 놓았다. 아이들이 한결같다 놀리던 그 시절, '조용히 해, 이것들아.'라며 책상을 내리치던 구세주처럼 강력한 리더 반장이 있었다.

"어? 그래, 너."

눈동자가 저절로 부풀어 올랐다.

"어, 그래, 나다. 나는 너 들어올 때부터 딱 알아봤는데."

누군가가 종업원을 불렀다. 다솜이 네, 소리치고는 빠르게 덧붙였다.

"야, 어쨌든 반갑다. 여기 브라운 브레드 되게 맛있어. 기다려, 금방 가져다줄게."

뭐라 말할 새도 없이 다솜이 총총히 멀어져 갔다. 생각해 보니 중학교 시절에도 그랬다. 제 것을 아낌없이 나눠 주던 아이였다. 그때는 미처 몰랐었다. 다솜이 정말 괜찮은 리더였다는 사실을. 활기차고 서로를 존중해 주는 2학년 5반을 만들 수 있었던 데에는 반장 다솜의 역할이 컸다.

"버터 발라서 먹어 봐. 진짜 맛있어. 모자라면 말하고. 동창의 특별 서비스."

다솜이 싱긋 미소를 지으며 돌아섰다. 갑자기 식욕이 솟구쳤다. 버터를 바른 빵은 정말 맛있었다. 오래전 반장이 나눠 주던 과자가 떠올라 싱겁게 웃었다.

"미안. 오랜만에 만났는데, 보다시피 내가 정신이 없다."

손님은 끊임없이 들어왔다. 여기저기서 호출 벨을 눌러 댔다. 작지 않은 홀을 다솜이 혼자 종횡무진 누볐다. 계산을 하려

카운터에서 기다리는데 다솜이 헐레벌떡 뛰어왔다.

"이 넓은 홀을 너 혼자 봐?"

다솜이 휘휘 손사래를 쳤다.

"나랑 일하던 애가 갑자기 잠수 탔어. 그만둘 때 그만두더라도 그러면 안 되지. 요즘 사람 구하기가 어디 쉽냐? 내가 진짜 그 인간 생각하면……."

다솜이 말을 멈추고 아차 싶은 표정을 지었다.

"야, 그 브라운 브레든가? 진짜 맛있더라."

"장난 아니지?"

정겨운 말투가 새록새록 떠올랐다. 기분 좋은 일이 생길 때면 들려오던 반장의 '야, 장난 아니지?' 소리를 여기서 다시 듣다니. 오늘은 정말 이상한 날이다. 시작하기도 전에 아르바이트를 잘리고, 평소 좋아하지 않던 파스타를 먹었고, 이곳에서 우연히 중학교 동창을 만났다.

"있잖아, 혹시 말이야."

내가 조심스레 말문을 열었다. 다솜이 동그란 두 눈을 끔뻑였다.

"여기서 일하면 그 빵 매일 먹을 수 있냐?"

그리고 어쩌면 새 아르바이트를 찾을 기회가 생길지도 몰랐다.

"내가 그 빵으로 너희 집 담장 세워 줄게."

다솜이 씨익 하고 웃었다. 이상하지만, 썩 나쁘지 않은 날임은 분명했다.

⌒

풋뜸이 손가락을 꼼지락거렸다. 무슨 얘기를 어디서부터 꺼내야 할지 난감했다. 더 정확히는 얼마나 큰 사고를 쳤는지 보고해야 하는데, 차마 입이 떨어지지 않았다.

"말해 봐. 무슨 일인데?"

바치 님이 엷게 웃었다. 풋뜸이 아랫입술을 잘근거렸다.

"이곳을 청소하라 하셨잖아요. 그런데 한 번에 한 칸씩만 닦는 게 너무 비효율적이라 생각했습니다. 여긴 넓고 다른 서가랑 달라서 말이죠. 물론 처음에는 한 칸씩 닦아 냈어요. 하다 보니 시간이 너무 오래 걸리고 하여…… 이쪽하고 저쪽하고 또 그쪽의 원고들을 꺼내서……."

"한꺼번에 다 꺼내서."

바치 님이 콕 찍어 말했다.

"또 창문은 꼭 열어 놓으라 하셨잖아요. 책은 통풍이 잘되어야 한다고. 말씀하신 대로 창문도 활짝 열고 청소를 시작했는데 그 바람에 원고가……. 여기 있는 것들은, 보시다시피 한 권의 책이 아니잖습니까. 낱장으로 된 것들이라……. 바람은 오늘따라 세게 불고, 종이들은 막 나비처럼 날아올라 눈처럼 쏟아지고, 그런데 제목도 일련번호도 없고……."

150

"원고가 바람에 날려 섞였다, 이 한마디를 참 길게도 하는구나."

풋뜸이 두 눈을 꽉 감았다. 요약해 줘서 정말 감사드립니다. 큰절이라도 하고 싶었다. 바치 님이 천천히 종이 뭉치 쪽으로 걸음을 옮겼다. 그러고는 종이 한 다발을 집어 들었다. 그 순간 풋뜸의 가슴이 쿵 내려앉았다. 바치 님은 섞인 원고를 단번에 찾아냈다. 귓가에 사락사락 종이 넘기는 소리가 들려왔다.

"너는 이곳이 무어라 생각하니."

신입 책내기의 무덤입니다,라고는 차마 내뱉지 못했다. 그 대신 살짝 어깨를 으쓱했다. '제가 그걸 어떻게 압니까?' 몸으로 되물었다.

"이곳의 모든 종이에는 인연이 기록되어 있다."

바치 님의 시선이 종이에 그려진 기묘한 모양에 닿았다.

"인연에는 어떤 법칙도, 공식도 성립되지 않아. 정확한 언어로 표현할 수도 없고, 명확한 색과 모양을 지닌 것도 아니다. 둥근 원처럼 처음과 끝조차 정확히 알 수 없다. 처음은 끝에 맞닿아 있고, 마지막은 시작과 연결되어 있으니까."

풋뜸이 두 눈을 느리게 끔뻑였다. 늘 명료했던 바치 님의 설명이 잘 이해되지 않았다.

"세상 대부분의 일은 아무런 예고 없이 일어난다. 그러니 미리 대비하기가 쉽지 않지. 인연이란 더더욱 그렇다. 갑자기 뒷장이 찢겨 나가거나, 엉뚱한 페이지가 섞여 들고는 하지."

"꽉 묶어 버리면 되잖아요."

풋뜸이 말했다. 바치 님의 시선이 돌아섰다.

"그러지 못하니 인연이 어려운 것이지. 강제로 어찌할 수 없으니까."

바치 님이 종이 뭉치를 다시 제자리에 내려놓았다.

"이렇게 뒤섞인 이야기가 어떻게 전개될지 나도 모르겠구나."

"그럼 섞인 채로 내버려 둬요?"

바치 님이라면, 분명 원고를 처음 상태로 돌려놓으리라 믿었다. 이곳의 모든 책을 관장하는 최고의 책지기니까.

"바람이 한 일을 내 어찌 알겠니."

바치 님이 나직이 웃고는 몸을 돌려 풋뜸 앞에 섰다.

"한 번 읽어 보겠니? 오늘은 무슨 이야기가 쓰여 있는지."

바치 님이 건넨 것은 어제까지 풋뜸이 관리하던 책이었다. 매번 같은 시간에 일어나 출근한 뒤, 비슷한 점심을 먹고 편의점에 들러 간식을 사는, 똑같은 영화를 스무 번 넘게 보는 답답하고 지루한 인생의 주인공.

풋뜸이 팔랑 책장을 넘겼다.

"말했잖아요. 늘 똑같은 이야기라니까요. 오늘도 퇴근 후 똑같은 영화를 보고……."

아니, 그사이 책의 내용이 바뀌어 있었다. 퇴근 후 간식을 먹으며 영화를 보는 것까지는 평소와 다르지 않았다.

"영화 칼럼니스트? 이게 뭔데요?"

책에는 그 짧은 한 줄이 진하고 선명하게 쓰여 있었다.

"자기가 본 영화를 자신의 언어로 다시 표현하는 거다."

그게 정확히 무엇인지 풋뜸은 알지 못했다. 다만 이 책의 주인공이 스스로의 언어로 무언가를 표현한다는 것이 마냥 반가웠다. 삶에 떠밀리듯 반복적인 일상이 조금은 안타까웠으니까.

"와! 드디어 이 책의 주인공이 새로운 도전을 시작했네요."

풋뜸이 흥분해 소리쳤다. 바치 님이 고개를 저었다.

"아니, 그 책의 주인공에게는 하루하루가 도전이었다. 늘 같은 시간에 아침을 열고, 매일을 하루같이 자신의 자리를 지켰다. 그것이 얼마나 어려운 일인지 아니? 한 페이지 한 페이지 삶을 기록해 나가기란 절대 쉽지 않아. 너는 비로소 그 책에 덧붙여진 한 줄이 새롭겠지만, 주인공은 아주 오랫동안 그 한 줄을 준비해 왔다. 참으로 우직하고 진실한 기록이지."

바치 님의 시선이 미완의 원고 사이를 유영했다.

"이곳의 책 대부분은 숭고하다."

"아닌 책도 있나요?"

"세상에 완벽은 없으니까."

조금 더 책과 가까워진 기분이었다. 매일매일 적어 내려가는 똑같은 이야기들이 얼마나 위대한지 비로소 알 것 같았다. 풋뜸이 책을 가만히 품에 안았다.

"훌륭한 책지기가 되려면 더 노력해야겠어요."

"그런 의미에서."

바치 님이 한쪽 눈을 찡긋해 보였다.

"당분간 이곳 청소는 풋뜸이 네가 도맡아 해라."

"네?"

그렇다고, 굳이 이 종이 뭉치 속에 가둬 놓을 필요는 없지 않을까?

"바치 님, 이곳의 인연은 충분히 경험했습니다. 저는 그저 매일 똑같은 일상이 기록된 지루한…… 아니, 숭고한 책을 관리하는 편이 더 나을……."

"수고해. 환기하는 것 잊지 말고. 창문 활짝 열어 놓아라."

바치 님이 가볍게 손을 흔들고는 눈앞에서 사라졌다. 풋뜸이 망연한 표정으로 종이 뭉치들을 바라보았다. 심술궂은 바람은 여전히 나무우듬지에 앉아 틈틈이 이곳을 엿보며 창문을 열기 무섭게 들이닥칠 준비 자세를 취하고 있었다.

"인연이고 뭐고 나는 몰라."

풋뜸이 힘없이 풀썩 자리에 주저앉았다.

⌒⌒

"힘들지?"

허공에서 캔 커피가 나타났다. 어느덧 익숙해진 얼굴이 싱긋이 웃었다.

"신입이랑 일하느라 네가 힘들지."

"알아주니 고맙네."

다솜이 풀썩 옆자리에 앉았다.

"너 정도면 잘하는 거야. 내 일 남의 일 가리지 않고 열심히 하잖아. 안 그런 애들도 많아. 주방에서도 너 예쁘다 소리 많이 나온다. 사장님도 좋아하시고."

벌써 한 달이 흘렀는데 일할 때 아직도 구멍이 많았다. 그 빈틈을 메꿔 주는 이가 다솜이었다. 우리 학교와 멀지 않은 곳에, 녀석이 다니는 P대가 있었다.

"너 C대야? 나 그 근처 스터디 카페 자주 갔었는데."

나도 마찬가지였다. P대 앞 대형 서점을 이용했고, 단골 PC 방도 그 부근이었다. 거리에서, 서점에서, 학교 앞 스터디 카페에서 한번쯤 녀석과 스쳐 지나지 않았을까?

다솜은 변함없이 활기찼다. 자신이 맡은 일에 최선을 다했다. 손님들에게 친절하며 함께하는 스태프들에게도 살가웠다. 녀석과 일하다 보면 열다섯 소년이 된 기분이었다. 반장의 한마디에 얌전히 자리로 돌아가던 추억 속 중학생 말이다.

"지금 생각해도 웃기다. 파스타도 안 좋아하는 애가 왜 혼자 여길 들어왔어?"

나야말로 스스로에게 묻고 싶었다. 뭔가에 홀린 듯 이곳 문을 열었고 정신을 차렸을 땐, 중학교 동창을 선배로 모시며 아르바이트를 시작했다.

"누가 아니래. 나는 '파르팔레'가 무슨 뜻인지도 몰랐다고."

파르팔레는 파스타 종류의 하나다. '나비'를 뜻하는 이탈리아어에서 파생되었다 한다. 파스타 모양이 나비와 똑 닮았다나? 이 이야기를 해 준 사람도 다솜이었다.

"귀신에게 홀렸나 봐."

캔 커피를 만지작거리며 말했다.

"어떤 귀신인지 모르겠지만, 무지하게 감사하네."

고개를 돌린 곳에 다솜이 있었다. 두 사람의 시선이 잠시 허공에서 엉클어졌다.

"덕분에 살았다고."

다솜이 끙 소리를 내며 몸을 일으켰다.

"먼저 들어갈게. 너는 천천히 와. 주방까지 도와드리느라 정신없었잖아."

까만 단발머리가 나풀나풀 멀어져 갔다. 손에 쥔 캔 커피가 따뜻했다. 훌쩍 자리를 털어 내는데 골목 끝에서 바람이 불어왔다. 그리고 눈이 내렸다.

"오늘 눈 소식이 있었나?"

하나둘 흩날리던 눈들은 이윽고 커다란 송이가 되어 떨어졌다. 하얀 나비들이 사방에서 날아다니는 것 같기도 하고, 누군가가 종이를 잘게 찢어 흩뿌리는 것 같기도 했다.

"망했어. 또 다 섞어 버렸잖아."

그 순간 바람을 타고 망연한 목소리가 들려왔다. 뒤를 돌아보았지만, 텅 빈 골목에는 아무도 없었다.

"피곤한가? 환청이 다 들리고."

주머니에 손을 찔러 넣고 터벅터벅 안으로 들어갔다. 어제보다 바쁜 오늘이었다. 내일은 또 어떻게 될지 알 수 없었다. 갑자기 내린 폭설이 세상을 하얗게 물들이고 있었다.

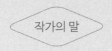
작가의 말

　몇 날 며칠 공들여 쓴 글을 전부 지워 버렸다. 새 마음으로 처음부터 다시 써 내려갔다. 어긋나는 부분을 수정하고, 빈약한 이야기에 살을 붙이고, 과한 감정을 덜어 내는 동안, 수많은 자책과 스스로에 대한 불신이 한바탕 요란스레 지나갔다. 그제야 간신히 한 페이지를 채울 수 있게 됐다. 이렇듯 지난한 날들의 반복이 모여, 비로소 한 권의 책이 완성되는 것이다. 생각해 보면 인간의 삶이란 책이 만들어지는 과정과 매우 흡사하다. 어쩌면 우리가 사는 세상은 수많은 책이 꽂혀 있는 거대한 도서관이 아닐까. 그 책 한 권 한 권에 슬픔보다 기쁨이, 아픔보다 평화가 기록되었으면 정말 좋겠다.

이희영

유령이
머무는

숲

허
진
희

허
진
희

장편소설『노파람이 아르바이트를 그만둔 날』을 쓰고,
『세 개의 시간』『푸른 머리카락』등의
앤솔러지에 참여했다.
『독고솜에게 반하면』으로
제10회 문학동네청소년문학상을 받았다.
『고교 독서평설』에『좀비몰이꾼 이기』를 연재 중이다.

내가 나의 거처로 도서관을 선택한 이유는 느린 흐름 때문이었다.

책이 쌓인 자리의 시간은 천천히 흐른다. 아무리 봄과 가을이 짧다 해도 이곳에서만큼은 느긋하게 계절의 정취를 만끽할 수 있다. 좀처럼 시간의 흐름을 감상할 줄 모르는 인간들이 도서관이라는 그럴듯한 공간을 만들어 낸 건 아무리 생각해도 기특한 일이다. 인간들, 그중 책을 읽는 인간들. 그들이 책을 고르고 책장을 넘기고 책에 몰입해서 내뿜는 에너지는…… 뭐랄까, 말하자면 내겐 피톤치드 같은 거다.

물론 가끔 나의 평화로운 숲, 아니 도서관을 침입하는 반갑지 않은 불청객이 있긴 하다. 그들은 여러 가지 방법으로 책을 훼손한다. 책에 낙서를 하거나 코딱지를 묻히거나 귀퉁이를 접어 놓거나 뭔가를 흘리거나 책등을 너덜너덜하게 만든다. 나는 책을 읽지 않으니 책 자체를 소중히 여기진 않는다. 하지만 책을 망가뜨리는 소음은 참을 수 없다. 그 소음은 인간이 감각할 수 없는 음역대로 나를 괴롭힌다. 책을 찢는 소리는 특히 끔찍하다.

그런데 얼마 전에 악질 중에 악질이 나타났다.

그놈은 벌써 열세 권의 책을 찢어 놓았다. 열세 권! 책이 열세 권이나 훼손되는 동안 도대체 난 뭘 한 걸까. 공교롭게도 놈은 매번 내가 낮잠을 잘 때마다 나타나 책을 찢고 도망쳤다. 변명하자면, 나의 24시간은 인간들의 24시간과 다르게 흐르기 때문에 수시로 잠을 자지 않고서는 버틸 수가 없다. 유령의 영혼을 더욱 투명하게 만들어 주는 최고의 휴식, 낮잠. 그걸 방해하다니! 책 찢는 굉음에 철렁해서 깨고 나면 어찌나 온몸이 찌뿌둥한지……. 괘씸한 마음에 냉큼 붙잡아 혼쭐을 내 주려 해도 쉽지 않다. 놈이 꽤 잽싸기 때문이다. 내 눈꺼풀의 무게가 인간의 것에 비해 몇백 배는 무거운 탓도 있지만. 어쨌든 놈은 내가 눈을 치뜨고 자신을 잡아채기 전에 내달려 버린다. 정말 얄미워 죽겠다.

하지만 놈의 정체를 확인할 길이 없다. 찢긴 책들은 모두 최근 대출 내역이 없었다. 최근은커녕 한 번도 대출된 적이 없는 책들도 있다. 인기가 없는 책들만 골라 찢다니, 남에게 들키지 않고 약한 자들을 괴롭힐 수 있다고 믿는 악당 같지 않은가.

아무튼 놈을 잡기 위해선 괴롭지만 잠을 줄여야 한다. 내 필히 놈을 잡아서 악질들을 위해 준비해 둔 특별한 방에 가둘 것이다. 울며불며 꺼내 달라고 싹싹 빌기 전까진 절대로 풀어 주지 않을 테다. 반드시.

$\frown\frown$

"비가 많이 오네요."

사서 1이 창밖을 바라보며 말한다. 내가 좋아하는, 도서관과 잘 어울리는 목소리다. 나는 문득 사서 1의 음성이 촉촉한 봄비 내리는 소리와 닮았다고 생각한다. 하지만 지금 바깥세상에 내리는 비는 그런 비가 아니다.

"단풍잎들이 다 떨어지겠어요."

지난 며칠 동안 우리는 붉은 흙빛으로 물든 나뭇잎들의 떨림을 지켜보았다. 곧 겨울이 올 것을 아는 나무들. 시간의 유한함을 절감한 생명들은 어느 때보다 찬란한 숨을 쉰다. 다만 이번엔 너무 짧았다. 가을비치고는 거센 비가 사흘 연달아 쏟아져 내리며 나뭇잎들의 숨통을 끊어 놓았다.

"아, 이번 주말에 단풍 구경 가기로 했는데……."

사서 2가 울상을 짓는다. 공기가 가득 찬 풍선 같은 사람. 사서 2는 작고 가벼운 몸으로 도서관 이곳저곳을 정리하고 다닌다. 통 통 희미한 소리를 내면서. 나는 사서 2가 움직이며 내는 소리도 아주 좋아한다. 하지만 빗소리가 점점 커져서 내가 좋아하는 소리들이 이내 묻혀 버린다. 이럴 때는 어디 구석에 자리 잡고 낮잠이나 자야 하는데. 하품이 절로 나온다. 졸리다. 잠이 온다. 자고 싶다. 아니, 아니지. 잘 때가 아니지. 잘 수 없지. 자면 안 된다. 자면 안 돼. 아직 놈을 잡지 못했잖아. 오늘 놈이 올지도 모르잖아. 눈을 부릅떠 본다. 아, 졸려 죽겠는데 이게 무슨 고생이람. 도서관을 한번 쓱 휘둘러본다. 창밖도 다시 내다본다. 이렇게 궂은 날씨에 놈이 도서관을 찾아올까. 이른 아침부터 공부할 채비를 하고 입장한 두어 명 빼고는 사서 둘이 전부. 인간들은 떡하니 도서관을 만들어 놓고도 오지 않을 핑계를 잘만 찾아낸다. 뭐, 나라고 날씨 핑계를 대지 못할 이유는 없지. 아무래도 오늘은 날이 아닌 거 같으니 잠깐이라도 눈을 붙여 볼까.

눈꺼풀이 휙 닫힌다. 이놈의 눈꺼풀, 닫히는 건 한순간이다. 열릴 땐 느려 터졌으면서.

그때,

"어머, 다 젖었네, 다 젖었어."

딸랑딸랑. 문에 달린 종이 울리고 사서 1의 목소리가 들린다. 그 순간 날카로운 직감이 얕은 잠을 흔들어 깨운다.

놈이다.

아아, 녀석. 조금만 일찍 오지. 한 번 감은 눈을 다시 뜨기가 얼마나 힘든데! 빨리 눈을 뜨려고 안간힘을 써 보지만 좀처럼 떠지지 않는다.

"비가 이렇게 오는데, 우산도 없이⋯⋯."

놈은 아무 말이 없다. 물에 젖은 풋내기 냄새가 난다. 얼굴을 보고 싶어 간신히 실눈을 떴지만 아직 시야가 흐릿하다.

"일단 이걸로 물기를 닦아 볼까요?"

어느새 통 통 비품실에 다녀온 사서 2가 놈에게 수건을 건네며 말한다. 조금씩, 놈의 움직임이 선명해진다. 놈은 순순히 수건을 받아 들고는 백지장처럼 하얀 손으로 어깨까지 내려오는 갈색 머리카락을 슥슥 닦는다. 바닥에 물이 뚝뚝 떨어진다. 사서 1은 놈을 자리에 앉히고 따뜻한 물과 무릎 담요를 챙겨준다. 사서 2는 허리를 굽혀 바닥의 물기를 닦는다. 안타깝다. 두 사람은 눈앞의 작은 여자아이가 무려 열세 권의 책을 훼손한 무자비한 범인이라는 걸 알지 못한다.

"책 보면서 몸 좀 충분히 녹여요. 이따 갈 때도 비 오면 우산 빌려줄게."

사서 1이 말하자 놈이 고개를 끄덕인다. 사서들은 그제야 안심한 듯 놈에게서 관심을 거둔다. 두 사람은 곧 각자 할 일을 찾아 다시 분주해진다. 도서관 운영은 끝없는 노동력을 요한다. 덕분에 놈이 혼자 남았다.

좋았어. 이제 놈은 내 것이다. 내 손바닥 안이야.

나는 눈꺼풀을 이마에 단단히 고정시켜 놓고 놈을 뜯어본다. 냉기에 질린 낯색 때문인지 가면처럼 보이는 얼굴. 무슨 생각을 하는지 도통 알 수 없는 표정. 그래. 무려 열세 권의 책을 찢은 녀석인데, 파악하기 쉬울 리 없지. 놈이 호로록호로록 물을 마시며 왼쪽 다리를 떤다. 긴장해서라기보다는 그냥 습관인 듯하다. 아무리 봐도 학생 같은데, 교복도 입지 않았네. 정체를 들키지 않으려는 속셈인가?

―영악한 녀석.

불쑥 화가 치밀어 놈의 코앞에 대고 말을 뱉었다. 그런데 순간적으로 놈이 어깨를 움찔하더니 좌우를 살펴본다. 설마? 내 말이 들린 건 아니겠지? 나도 덩달아 움찔한다.

―뭐야. 유령 놀라게…….

"유령?"

놈이 작은 소리로 반문한다.

맙소사, 이젠 진짜로 놀랄 수밖에 없다.

―정말 내 말이 들린다고?

"뭐야? 누구야?"

아몬드 모양이던 눈이 보름달처럼 똥그렇게 변한다. 달달대던 왼쪽 다리가 무뜩 멈춘다. 이 녀석, 긴장하면 눈이 커지고 몸이 굳는구나. 놈이 긴장했음을 안 순간 내 긴장이 풀린다. 그래, 내가 놀랄 필요는 없지. 내 목소리를 듣는 인간을 처음 만나 신기하긴 하지만…….

―유령이라니까.

인간과 유령의 대면에서 우세한 쪽은 대체로 후자. 인간들은 자신이 모르는 존재에 대해 일단 두려움부터 느끼고 본다. 그러니 놈이 내 목소리를 듣는다 해도 이 판에서는 내가 든 패가 훨씬 유리하다.

"말도 안 돼."

놈의 목소리가 떨린다. 나는 좀 더 자신감이 생긴다.

─네가 책을 찢는 게 더 말이 안 되지. 난 널 벌주러 온 유령이다.

"나를?"

─그래. 책을 열세 권이나 찢어 놓고도 무사할 줄 알았던 건 아니겠지.

"그, 그건······."

놈이 젖은 낙엽 같은 표정을 짓는다. 어째 놈이 내 존재를 알아채는 바람에 일이 더 수월하게 진행되는 것 같다.

─왜, 무서워? 변명할 기회라도 줘?

"아니, 나······ 난······."

벌떡, 놈이 몸을 일으킨다.

─뭐야, 도망가려는 게냐?

"으······웅!"

놈은 뒤도 돌아보지 않고 내달린다. 도망갈 거라 씩씩하게 대답하고 대답한 대로 잘도 도망간다. 화닥닥 문밖으로 뛰쳐나가는 놈의 뒷모습을 영문도 모른 채 멀거니 바라보던 사서 2가 뒤늦게 소리친다.

"아니, 저기요! 우산! 우산 가져가야지!"

좀처럼 그치지 않을 것 같은 장대비 속으로 놈이 뛰어든다. 녀석, 아마도 며칠 앓겠구나. 봄비와 다르게 가을비는 인간의 몸에 한기를 드리우니까. 나는 고민한다. 며칠 앓는 것으로 열세 권의 책을 찢은 벌을 다 받은 셈 쳐야 하는 걸까. 내 구역의 평화를 깨뜨린 놈에게 복수하고 싶었을 뿐 인간의 잘잘못을 따지는 일은 내 전문이 아니기에 갑자기 골치가 아파 온다.

그나저나 놈은 어떻게 내 목소리를 들은 걸까.

～

솔직히 놈이 다시 찾아오리라고는 생각하지 못했다. 분명 내 목소리에 겁을 잔뜩 먹고 도망갔는데. 하지만 놈은 보란 듯이 바로 다음 날 종소리를 울리며 들어섰다. 그리고 전날 젖은 몸으로 앉았던 의자를 다시 차지하고는 무언가를 기다리는 듯한 표정으로 미동도 하지 않는다.

감기에 걸린 거 같지도 않고, 보기보다 약골은 아니네.

나는 내심 안도한다. 아무리 나쁜 짓을 했다고는 하나 나 때문에 폐렴이라도 걸려 혹시나 잘못되었다면 기분이 몹시 찜찜했을 테니까.

그런데 그건 그거고, 우리에겐 아직 볼일이 남아 있다. 내가 똑똑히 말해 주었으니 놈도 모르지 않을 텐데. 유령의 엄포를 흘려들었을 리도 없고. 설마 이 녀석…… 내가 나타나길 기다리고 있는 건가? 날 보러 다시 온 거야?

나를 무서워하지 않는다니. 짜증이 나면서도 호기심이 생긴다. 하지만 호락호락 놈이 바라는 대로 눈앞에 냉큼 나타나 줄 생각은 없다. 그래서 잠시 지켜보기로 한다. 녀석은 한참 동안 오래된 조각상처럼 앉아 있다. 무슨 생각을 하는 걸까. 인간의 머릿속을 들여다볼 수 있으면 좋을 텐데, 애석하게도 내겐 그런 능력이 없다. 인간들에게 몇 가지 짓궂은 짓을 할 수 있을 뿐. 하지만 머릿속 생각을 잘 모르기는 인간 자신도 매한가지다. 내 보기에 인간들은 자기 자신을 이해하지 못해 어떻게든 이해하려고 발버둥 치고 있는 것 같다. 그렇지 않다면 이렇게 많은 책을 썼을 리 없지 않은가.

좀처럼 움직이지 않는 녀석을 지켜보며 이런저런 생각을 하다 보니 슬금슬금 졸음이 밀려온다. 그런데 그때 마치 내 잠을 깨울 심산인 양 녀석이 자리에서 벌떡 일어난다. 녀석은 이미 마음속에 목표 지점을 점찍어 둔 것처럼 망설임 없이 발걸음을 옮긴다. 계단을 올라 2층 커다란 창가 왼편 구석진 책장 앞에 도착한 녀석이 손을 오므려 손가락 마디로 책등을 쭉 훑는다. 불길해. 불길한 몸짓이다.

나는 녀석을 노려본다.

저 녀석, 훼손할 책을 고르고 있어.

유난히 동그랗게 부푼 책등에서 멈춘 녀석의 손등이 살짝 떨린다.

진짜 날 도발할 셈이냐.

녀석은 마침내 결심한 듯이 손아귀에 꽉 차는 두툼한 책을 집어 든다.

멍청한 녀석, 날 어디까지 건드릴 작정이지.

잔뜩 화가 나서 녀석의 머리 위로 날아간다.

아직 기척을 느끼지 못한 녀석이 비장한 손짓으로 책장을 넘기다 중간쯤 페이지에서 멈춘다.

거기? 그 페이지를 찢으려고?

더는 참지 못하고 포효한다.

으르렁!

벼락처럼 소리를 내리꽂는다.

으르렁! 으르렁!

"안 찢어! 안 찢는다고!"

깜짝 놀란 녀석이 항복한다는 의미로 두 손을 들어 보이는 바람에 책이 쿵 하고 바닥에 떨어진다. 책이 찢어지는 소리만큼이나 듣기 싫은 소리다.

—거짓말. 내가 나타나지 않았다면 분명 찢었을 거잖아.

"아니야. 진짜야. 이렇게 해야 다시 나타날 거 같아서 시늉만 한 거야."

흐음. 유령에 대한 호기심 때문이란 말인가. 정말이지 마뜩

잖은 녀석이다.

"너…… 진짜 유령이야?"

─그럼 달리 뭐겠어?

"정말 유령이란 말이지?"

─싫으면 귀신이라고 부르든지.

"아니, 아니, 그게 아니라……."

말을 잇지 못한 채 고개를 떨군 녀석의 얼굴에 그늘이 진다.

"다행이어서. 정말 다행이야."

─다행이라니? 뭐가?

"유령이 있어서…… 정말 다행이라고."

근데 왜 웃지 않지? 그게 뭐든 뭔가가 다행이라면 좀 더 밝은 표정을 지어야 하지 않나? 어째서 비에 홀딱 젖었을 때보다 더 가여워 보이는 얼굴을 하고 있지.

─이해할 수가 없군. 내 존재가 왜 너한테 다행이라는 건지.

"……궁금해?"

선뜻 입이 안 떨어진다. 솔직히 궁금해 죽겠는데 궁금하다고 말하기엔 왠지 자존심 상하고, 궁금하지 않다고 하기엔 거짓말이니 내키지 않는다.

"그럼 나에게 벌을 줘. 벌 다 받고 나서 말해 줄게."

점점 이상한 말만 한다. 자진해서 벌을 받으러 왔다고? 이제 와서 갑자기 죄책감이라도 든 건가?

─내가 무슨 벌을 내릴 줄 알고?

"어떤 벌이든 달게 받을게."

진지한 표정이다. 딴 속셈을 숨긴 것 같진 않다.

─흠흠. 너 같은 애들을 위해서 내 특별히 준비해 둔 방이 있긴 한데…….

"좋아. 그럼 나 그 방에 갇히는 거야?"

─어? 어…… 그렇지.

"알겠어."

─참고로, 아주 무시무시한 방이라고.

"응. 나 엄청 겁쟁이인데, 마음 단단히 먹어야겠다."

아아, 이상해. 이 녀석은 정말로 이상하다. 이런 녀석이랑은 그냥 얽히지 않는 편이 나으려나. 그런데 이상하게도 그러고 싶지 않다. 이상한 놈을 만나니 덩달아 나도 이상해지는 기분이다. 내가 이렇게 호기심이 넘쳤던가? 한 번도 이런 적이 없었는데. 사실 난 내 자신에 대해 잘 모른다. 유령으로 존재하다 보면 많은 것들을 잊기 마련이다. 유령은 인간처럼 기록을 남기지도 않으니 대부분의 일들은 그저 사라진다. 그 편이 훨씬 자연스럽다.

"나를 그 방에 데려가 줘."

아이가 속삭인다. 손을 대면 무너질 것 같은 얼굴로 유령에게 말을 거는 아이. 문득 '이 녀석은 단지 조금 이상한 아이일 뿐이야. 어쩌면 그렇게 나쁜 아이는 아닐지도 몰라.'라고 생각한다.

정말 그럴까.

~~

그 방엔 비명이 있다. 탄식이 있고 울음소리가 있다. 끙끙 앓는 소리가 있고 가느다란 숨소리가 있다. 찢긴 책들의 소리로 가득 찬 방. 아이는 잔뜩 긴장한 채 자신을 둘러싼 소리의 진동을 느끼고 있다.

오랜만이다, 인간…….

피곤한 기색이 역력한 소리가 들린다. 아마도 이 방에서 가장 긴 시간을 보낸 책일 것이다. 나이 먹은 책들은 으레 세상사에 무디다는 평을 들을 정도로 고요한 기운을 품고 있는 법인데 이 책은 그렇지 않다. 어쩌나 예민한지 모른다.

인간 따위, 질색하는 거 아니었어요?

종달새가 재잘거리는 듯한 앳된 소리가 가볍게 날아든다. 농조인지 야유인지 헛갈리는 톤이다.

날 찢은 놈만 미워할 뿐이야. 인간이라고 다 싫어하는 건 아니지.

맨날 인간들 흉만 보면서.

맞아, 어제는 우리를 냄비 받침으로 쓰는 인간들 욕을 실컷 했잖아요.

소리에 소리가 얹힌다. 인간을 가운데 두고 인간을 소재로 이야기하고 있지만 정작 눈앞의 인간에 대해서는 그다지 관심이 없는 듯하다. 아이의 등은 여전히 돌처럼 굳어 있다.

―뭐야, 다들 이 방으로 오고 나서 수다쟁이들이 되셨군?

내가 끼어든다.

신음을 하도 내다 보니 입이 트인 거지.

그건 그래요. 아프면 할 말이 많아진다고요.

아니 아니, 너무 아파서 말할 힘조차 없는 책도 있는데…….

그 순간 방 안의 책들이 일제히 흠칫한다. 책들의 기운이 저 아래 구석의 존재를 살핀다.

가여운 녀석.

오래된 책이 한숨을 내뱉으며 나에게 하는지 아이에게 하는지 알 수 없는 말을 한다.

근래 이 방에 온 열세 권 중 가장 심하게 찢긴 녀석이야.

열세 권……. 아이는 정곡을 찔린 듯 목덜미를 떤다. 그때 저 아래에서 소리가 시작된다. 클라이맥스를 위해 달리는 음악의 전주처럼, 낮은 음색이 자욱하게 깔린다. 모두 주목한다.

나는 이 방에 들어오고 싶지 않았어요.

방 안의 소리들이 잠시 웅성거린다.

저 녀석, 처음으로 입을 열었어.

오래된 책이 알려 준다. 나는 아이를 살펴본다. 뒷덜미를 타고 내려온 떨림이 어깨에 이른다. 아이는 그 목소리가 하는 이야기를 듣고 싶어 하지 않는 게 분명하다. 하지만 참는다. 참고 듣는다.

이 방이 있다는 말은 들었지만 내가 올 일은 없다고 생각했어요. 사람들은 나를 통 만지지 않았으니까요. 아주 오랫동안이요. 알다시피, 내가 인기 있는 책은 아니잖아요. 사실 인기로 따지면 아주 형편없죠. 그래도 난 괜찮았어요. 내 안에 고독이 쌓이는 느낌이 나쁘지 않았고…… 희망, 희망도 품고 있었거든요. 언젠가는 내 책장을 넘겨 줄 사람이 나타날 거라고, 내 몸에 박힌 글자들을 떠오르게 해 줄 사람이 분명 있을 거라 믿었는데.

소리가 점점 고조된다. 방 안 모두를 향한 말 같지만 소리의 방향은 정확히 아이를 향해 있다.

어느 날…… 정말로 누군가 날 찾아내더라고요. 수많은 책들 중에서 나를, 나를 찾아내더라고요. 당연히 기쁘지 않았겠어요? 난 나를 선택한 사람도 응당 행복할 거라 생각했어요. 난 떠오를 준비가 되어 있는 책이었으니까요. 평생 준비했는걸요.

빛바랜 환희와 비극의 전조가 동시에 느껴지는 소리가 빈 공간을 찔러 댄다.

그래도 너무 큰 기대를 갖지 않으려고, 마음을 가라앉히려고 노력했어요. 물론 잘되진 않았지만요. 하지만 자신했죠. 날 실망시키긴 힘들 거야. 내가 품은 기대는 화려한 벚꽃이 휘몰아쳐 지나간 자리에 남은 새끼손톱만 한 버찌처럼 작으니까.

책장을 휘리릭 넘기다가 그저 한 구절만 읽어 주어도 난 충분히 기쁠 거야. 그 정도만으로도 만족할 거야.

소리가 슬픔에 잠긴다. 슬픔의 늪으로 서서히 가라앉는다. 이어질 말들을 소리 내고 싶기도 하고 소리 내고 싶지 않은 듯도 하다. 들리든 들리지 않든 소리의 사연은 이어지고 있다. 아이도 그것을 느끼고 있다.

아이는 옆구리 아래 머문 다섯 손가락을 옴츠린다. 목소리를 쥐어짠다. 진즉 했어야 할 말을 이제야 한다.

"미안해요……."

낮은 자리의 소리가 훅 올라와 공기의 흐름을 바꾼다.

미안해?

소리의 실루엣이 장마철 먹구름처럼 꿈틀댄다.

"미안해요. 정말 미안해요……."

미안?

소리가 부글부글 끓어오른다. 아이는 소리에 아무 힘이 없다는 사실을 모른다. 무서울 만도 한데 도망치려는 기색은 보이지 않는다.

미안하다고……. 하하, 미안하다고……. 나는…… 난……!

하지만 소리는 안다. 자신에게 아이를 어찌할 힘이 없다는 것을 안다. 울분의 힘은 소리를 깨뜨린다. 산산조각이 난 소리는 다른 소리들을 향해 날아든다.

나는 찢겼다고! 나는 찢겼어! 나는 찢겼어요!

아이는 자신의 몸 위로 내리박히는 소리의 결정들을 그대로 맞는다.

나는 단 한 글자도 읽히지 못했어요! 나는 찢겼어요! 내 책장은 찢기기 위해 넘겨졌어요!

방 안의 다른 존재들, 한 번씩은 찢겨 본 존재들이 마치 하늘에서 약이 떨어지기라도 하는 듯이 주섬주섬 상처를 꺼내 놓는다.

나는 찢겼어요……!

상처 위로 소리 알갱이들이 내려앉는다. 빛의 파편처럼 흩어져 버린 소리가 사방을 울리며 점점 잦아든다. 나는 그것들이 아이의 몸으로 스며드는 모습을 가만히 지켜본다.

나는 찢겼어요.

나는 찢겼어요.

나는 찢겼어요.

이윽고 소리에 힘이 빠진다. 힘이 빠질 대로 빠진 소리는 허공의 심연으로 가라앉는다.

우리 모두 그래.

모든 소리들이 반응하고, 아이는 울음을 터뜨린다.

"나도 이 방에 있겠어요. 이 방에서 나가지 않을 거예요."

울먹이는 목소리가 제법 비장하게 들린다. 아이는 그게 자신에게 주는 벌이라고 믿는 듯하다.

인간이? 게다가 네가? 감히?

오래된 소리가 꾸짖듯 묻지만 아이는 고집을 꺾지 않는다.

"나도 이 방에 어울려요. 여기에 남게 해 주세요."

도대체 왜?

"왜냐하면……."

아이가 눈물을 닦으며 말을 잇는다.

"나도…… 나도 찢겼으니까요."

⌒

곤란하다. 그건 곤란한 일이다. 실존하지 않는 방에 아이를 영원히 가둬 둘 수는 없다. 하지만 아이는 이해하지 못했다. 자신이 감각한 것들이 모두 허상이라는 사실을 믿지 못했다.

"그럼 너도 허상이야?"

나는 말문이 막히고 만다.

글쎄. 내 입장에서는 네가 허상이지. 어쩌면 나 또한 허상일지도 모르고.

대답하기 어려운 질문은 못 들은 척 무시하는 게 상책이다. 그래도 아이는 끈질기게 묻는다.

"그 방에서 내가 들은 소리들은 다 뭐야? 내 귀에 들리는 네 목소리는?"

─네가 찢어발긴 책들은 이미 다 폐기되었지. 내가 그 방에 찢긴 책들의 소리를 모아 놓은 거고. 그것들은 그저 허공에 떠

도는 소리들이야. 실체 없는 넋 같은 거라고. 게다가…….

"게다가?"

―허상이라고는 하지만 가해한 존재와 피해 입은 존재를 한 방에 두는 건 영 내키지 않는다고. 아무리 소리일 뿐이라 해도, 찜찜하잖아.

내가 질책하자 아이가 얼굴을 붉힌다. 미처 생각하지 못했던 듯 눈빛이 흔들린다.

―그나저나, 너도 찢겼다는 말은 무슨 뜻이야?

"나도…… 내 여기가…….”

아이가 느릿느릿 왼쪽 가슴 위로 한 손을 옮긴다.

그리고 마치 내가 보이는 것처럼 나를 바라보더니 언젠가 이렇게 다 털어놓을 날이 올 줄 알았다는 듯 망설임 없이 자신의 이야기를 시작한다.

~

"믿을지 모르겠지만 나, 한 번도 책을 찢어 본 적이 없었어. 찢는 게 뭐야. 내가 책을 얼마나 애지중지했는데. 책에 줄을 긋거나 메모를 하거나 귀퉁이를 접거나 이름을 쓰거나…… 그런 거, 난 상상도 할 수 없었어. 다 엄마 영향이기도 해. 엄마야말로 책을 보물처럼 모셨으니까. 그런데…….”

아이는 잘근잘근 입술을 깨물다가 말을 잇는다.

"어떤 일이 있고 나서, 내가 좀 많이 아팠어. 처음엔 마음이 아주 깊이 아팠는데 그러다 보니까 몸도 아파 오기 시작했어. 사실 그 둘을 왜 갈라서 생각하는지 모르겠어. 마음이 아프면 몸도 아파. 몸이 아프면 마음도 아프고. 나는 여기, 여기가 너무 아팠어."

나는 아이가 가리키는 가슴팍에서 좀처럼 시선을 떼지 못한다. 들숨 날숨이 그대로 느껴지는 명치 언저리에 아이의 고통이 덕지덕지 덧붙어 있다.

"심장이 찢어질 듯이 아픈데, 정말로 심장이 찢어졌을지도 모르는데, 어른들은 아픈 게 당연하다고, 시간이 약이라는 말만 했어. 그래서 참아 봤어. 꾹 참아 봤어. 최선을 다해서 참아 봤어. 어느 날은 심장이 발기발기 찢어질 듯 아프다가 또 어떤 날은 심장이 사라진 것처럼 가슴이 텅 빈 느낌이 들었어. 근데 웃기지. 그래도 숨은 잘 쉬어지더라. 마치 영원히 끝도 없이 숨 쉴 수 있을 것처럼 숨만 잘 쉬었어. 한창 맛있게 식사를 하다가도 별안간 헛구역질이 나고, 인터넷에 떠도는 웃긴 영상을 보며 킬킬거리다가도 와락 눈물이 날 때가 한두 번이 아니었지만, 어쨌든 숨은 잘 쉬어졌어. 가끔은…… 내 숨소리를 듣는 게 힘이 들더라. 나만 숨 쉬는 게 너무 끔찍해서……."

아이가 고개를 떨군다.

"그러니 내가 어땠을 거 같아?"

슬펐을 거 같아.

아니, 지금도 슬프지, 넌.

나는 막연히, 아이가 애도의 시간을 보내고 있음을 깨닫는다.

아이의 속눈썹이 잠자리 날개처럼 떨린다.

"너무 슬펐는데, 정말 미칠 듯이 슬펐는데 나한텐 책밖에 없었어. 엄마가 남겨 놓은 책밖에. 책을 만지고, 종이 냄새를 맡고, 소리 내어 읽고, 품에 안고 자면 그래도 좀 낫더라. 그래서 밤낮으로 책을 읽었어. 친구들이랑 나누는 대화도 의미 없이 느껴지고 음악도 소음처럼 여겨질 정도로 책에 빠졌어. 그거 알아? 이 정도로 지독하게 뭔가를 탐하는 건 말이야. 지독하게 좋아하는 동시에 지독하게 미워하는 거야."

책을 도피처로 삼은 아이. 책과 자신을, 그리고 책과 떠나간 이를 동일시한 아이. 양지와 음지의 감정을 오로지 책에 쏟아부으며 버틴 아이. 그 아이의 눈동자에, 아이의 눈빛이라고는 믿기지 않을 만큼 처연한 감정이 어린다.

"그런데 그렇게 읽어 대도 채워지지 않더라. 오히려 문득 정신을 차려 보면 엄마가 없다는 사실에, 무슨 수를 써도 영원히 돌아올 수 없을 거라는 사실에 허탈해지더라고. 그때부터였어. 나만 두고 가 버린 엄마가 미워지기 시작한 게."

아직 다 자라지 않은 심장이 어찌할 수 없는 원망으로 오염되어 버리고 만 상황이 안타깝지만 그렇다고 내가 내린 벌이 과하다는 자책은 하지 않기로 한다.

"어느 날 문득 그런 생각이 들었어. 이제 엄마를 잊어야만 살아 낼 수 있을 거 같다고, 책을 그만 읽어야 살 수 있을 거 같다고…… . 하지만 그조차 쉽지 않았어."

애도하는 방법을 몰라 방황했을 아이의 시간이 고스란히 느껴진다. 누군들 제대로 알겠는가? 당장 이 도서관에만 해도 그 방법을 찾으려 헤맨 흔적들이 널려 있지 않은가. 인간들은 좀처럼 사라진 존재를 그저 사라진 채로 가만두지 못한다. 이곳은 그 증거다. 나는 이 빛나는 증거들을 휘둘러본다. 그러다 퍼뜩 깨닫는다.

너는 책을 쓰겠구나.

너는 네가 헤맨 역사를 쓰게 될 거야.

이 말은 아이에게 하지 않을 것이다.

"처음 책을 찢고 싶었던 날을 생생히 기억해. 미치도록 찢고 싶었는데 찢지 못했던 날을 기억해. 그냥 평범한 날이었는데, 익숙해질 만도 한데 익숙해지지 않는 통증 때문에 괴로운, 그런 날들 중에 하루였는데. 그날, 학교 끝나고 습관처럼 도서관에 들렀어. 도서관 2층 구석 소파에 앉아 있다가 갑자기 그런 생각이 들더라. 아니, 생각이라기보다는 강렬한 충동이 들었어. 아니, 충동이라기보다는 확신에 가까운 뭔가가…… ."

─책을 찢으면 괜찮아질 것 같았구나.

아이가 고개를 끄덕인다.

"왜 그런 미친 생각을 했는지 모르겠어. 내가 내 머리로 생각해 낸 게 아니라…… 꼭 뭐에 씐 것만 같았어. 홀린 듯이 책장 앞으로 가서 아무 책이나 한 권 집어 들었지. 그리고 표지를 노려봤어. 뭘 읽은 게 아니야. 단지 노려봤어. 그렇게 한참을 노려봤는데도 지금은 책 제목도 기억나질 않아. 그때 나한테 제목이 중요하진 않았으니까. 사실은, 변명이 아니라 진짜로, 처음부터 인기 없는 책들을 골라내려던 작정은 아니었어. 들킬 가능성이 적을 거 같아 그랬던 게 아니라고. 자연스럽게 끌렸어. 뭐랄까. 그 책이 꼭 나 같았거든. 우두커니 남겨진 내 모습 같았어. 왜 그런 생각이 들었는지 모르겠지만 아무튼. 그 책을 찢으면 나도 아플 거 같았어. 더 이상한 건 내가 아프고 싶었다는 거야. 새로운 아픔이 생기면 그동안 내가 아팠던 이유를 잊을 수 있을 거 같아서."

상처를 상처로 덮으려고 했구나, 너는.

"그치만 결국 찢지 못했어. 그냥 집에 돌아왔지. 잠이 오지 않더라. 그때 침대 옆에 놓인 책이 눈에 들어왔어. 찢어 버릴까? 밤새 갈등했어. 그 책을 펼쳐 가슴 위에 올려 둔 채 밤을 꼬박 새웠지. 잘 버텼는데, 정말 이를 악물고 버텼는데 아침이 되니까 갑자기 피곤이 엄습했어. 너무 지쳐 버린 거야. 너무 지쳐 버려서…… 해가 뜨자마자 와르르 무너져 버렸어. 그렇게 그 책을 찢었어."

아이는 자기 자신에게 몹시 실망한 표정으로 힘겹게 이어 말한다.

"다음 날은 다른 책을 찢었어. 그다음 날은 또 다른 책을 찢고. 내 방에 있던 책들을 전부 찢었어. 더 이상 찢을 책이 없어져서 새 책을 샀지. 용돈이 다 떨어질 때까지 책을 사서 찢었어. 그러다 여기……."

여기, 내가 있는 곳으로 왔구나.

"책을 찢을 때마다 괴로워서 미칠 거 같았어. 책에 얼룩 하나 져도 못 견뎌 했었는데. 어쩌다 이렇게 책을 망가뜨리는 사람이 되어 버렸을까? 나는 나를 설명할 수가 없었어. 부끄럽고, 죄책감 들고, 숨이 잘 안 쉬어질 정도로 무서웠어. 근데 그래서 더 멈추지 못했어. 그런 기분에 압도당할 때에만……."

아이의 눈이 먹빛으로 물든다.

"오직 그 순간에만 슬픔을 잊을 수 있었거든."

긴 변명을 마친 아이가 풀썩 자리에 주저앉는다. 슬픔에서 벗어나려고 발버둥 치다 기진맥진한 사람은 어쩐지 남들보다 숨을 덜 쉬는 존재처럼 느껴진다. 나는 마음 약하게 굴지 말자고 다짐하고 짐짓 차갑게 소리 낸다.

─역시 너는 벌받아야 마땅해.

"나도 알아. 그래서 벌받겠다고 했잖아. 우리 엄마라도 날 벌줬을 거야. 항상 책을 내 몸처럼 여기랬는데……."

─그것도 틀렸어. 너는 책이 아니야. 너는 너야.

다른 무엇에도 너를 대입해서 괴롭히지 마.

너 자신도 괴롭히지 마.

나는 망설이다가 너무 많은 말을 전하지 않기로 한다.

그러자 아이가 발끈해서 묻는다.

"그럼 너는? 너는 뭐야?"

아이는 내게서 듣고 싶어 하는 대답이 있다. 하지만 나는 그 말을 해 줄 수 없다.

—나는 책도 아니고, 인간도 아닌 유령…… 그냥 유령이지.

"유령은 허상이야? 아까 그 방의 소리처럼?"

이유는 알 수 없지만 아이는 간절히, 내가 허상이 아니길 바란다. 내가 허상이 아니라는 말을 듣고 싶어 한다.

—그게 중요해?

모르는 것을 아는 척 말할 순 없어 그저 반문한다.

"응. 나한텐 중요해."

"왜?"

그때 왜 내가 있어서 다행이라고 했니.

나는 내가 무슨 대답을 듣고 싶어 하는지 알지 못한다.

아무리 생각해도 내가 인간에게 쓸모 있는 존재가 될 수 있을 거 같진 않은데, 왜 내 존재를 반기는 거니.

"너는…….'

저 작은 입에서 무슨 말이 나올까.

침묵이 지나간다.

정적이 흔들린다.

아이의 입술이 움직인다.

너는 나에게 희망이야.

소리가, 소리가 보인다.

⌒⌒

너는 나에게 희망이야.

나는 아이의 말을 조심스레 품는다. 이 말은 오감으로 느낄 수 있는 말이다. 당신에게는 그런 말이 있는가? 인간들은 그런 말들을 품고 사는가? 눈빛으로 쓰다듬는 말들, 귓가에 울리는 말들, 여기저기 냄새가 배고 풍미가 도는 말들, 결국에는 살갗에 스치는 말들. 그런 온갖 단어들과 문장들.

내 몸을 문질러 본다. 살갗이라니, 이런 기분은 처음이다. 나를 둘러싼 얇은 막이 생겼지만 외려 더 위험에 노출된 듯한 기분. 하지만 그 기분을 느끼기 위해서라면 기꺼이 위험을 감수할 수 있다.

─내가 어떻게 너에게 희망일 수 있니.

난 유령일 뿐인데. 대부분의 시간을 잠으로 허비하고 내 휴식을 방해하는 인간들을 골려 대는 유령일 뿐인데.

아이는 내 질문에 대답하지 않는다. 그 대신 묻는다.

"있잖아…… 사람은 죽어서 유령이 되나?"

다시 처음으로, 살갗을 베인 듯한 통증을 느낀다.

"비가 많이 오네요."

물끄러미 창밖을 내다보던 사서 1이 말한다. 바깥 풍경만큼이나 촉촉히 젖어 있는 목소리다.

"그러고 보니 1년 전 이맘때였네."

낮은 계단에서 책장을 정리하던 사서 2의 목소리가 풍선처럼 날아올라 천장에 닿았다가 천천히 아래로 내려온다. 아래로, 아래로, 아이가 앉아 있는 접수대 부근에 이른다.

"그러네……. 첫인상이 정말 강렬했지."

사서 1이 아이를 향해 장난스럽게 눈짓한다. 아이는 별다른 표정 변화 없이 어깨를 으쓱해 보이고는 모니터만 들여다본다. 컴퓨터 옆에는 책이 한가득 쌓여 있다. 새로 들어온 책의 정보들을 입력하는 지루하기 짝이 없어 보이는 짓은 아이가 도서관에서 봉사 활동을 하기 시작한 시점부터 지금까지 쭉 해 오는 일이다.

"인연이 되려고 그랬나 봐요."

사서 2가 통 통 다가오며 말을 잇는다.

"이렇게 같이 지내라고."

인간들이 느끼는 시간의 흐름과 내가 느끼는 시간의 흐름은 같을 수 없다. 하지만 지난 1년 동안 나는 아이의 모든 것으로 시간의 모든 것을 느꼈다. 아이는 매일 조금씩 자랐고 매일 조금씩 달라졌다. 특히 겨울이 지나고 한여름이 오기까지, 아이는 눈부셨다. 아이가 뿜어내는 생명력은 나무 천 그루의 그것보다, 책 만 권의 그것보다 강렬했다.

자라나는 시간은 따로 있구나.

나는 감탄한다. 유한함이 가진 에너지에 감탄한다.

"오늘, 일찍 들어가 봐야지?"

사서 1이 묻자 아이가 고개를 끄덕인다. 사서 2가 걱정스러운 목소리로 덧붙인다.

"산소 가는데 비가 이렇게 와서 어째."

"괜찮아요. 올해는 꼭 갈 거예요."

"그럼 작년엔……."

사서 2가 말을 하다 말고 퍼뜩 뭔가 떠오른 듯이 당황스러운 표정으로 사서 1을 쳐다본다.

"작년 오늘, 같은 날 맞아요. 이맘때 아니고 딱 오늘. 비 쫄딱 맞고 여기 뛰어 들어왔던 날…… 엄마 기일이었어요."

아이는 담담하다. 나는 갈수록 담담해지는 아이 때문에 가끔 마음이 시리기도 하지만 대부분은 기쁘다. 아이는 자주 펜을 들고 무언가를 끄적인다. 글을 쓰는 아이는 저 혼자 외따로 떨어져 있는 듯 보이지만 그렇다고 고독에 몸부림치는 것처럼 보이진 않는다. 아이는 다만 담담하다. 글을 쓰면서 아이는 더욱 담담해진다. 그렇다. 책을 찢는 건 아무 도움도 되지 않는다. 아이는 비로소 자신만의 애도 방법을 찾아냈다.

"그때는 그랬어요. 도저히 산소에 갈 자신이 없었어요. 거기가 봤자 아무것도 없을 텐데. 텅 빈 땅 위에 서서 무력하게 울고 싶지 않았어요."

아이의 목소리는 불과 얼마 전 아이가 거쳐 온 여름의 짙은 녹음을 닮았다. 여름이 끝난 지가 언젠데, 아이는 아직도 여름의 기운을 입고 있다.

"지금은 마음이 달라졌나 보구나. 다행이다."

사서 1이 부드럽게 미소 짓는다.

"그래. 적어도 오늘은 함빡 비 맞은 아기 고양이 같지는 않잖아. 다행이네."

사서 2도 다정한 말을 덧붙인다. 그러자 아이가 모처럼 화사한 눈웃음을 지으며 대꾸한다.

"맞아요. 저도 그렇게 생각해요. 정말 다행이라고."

나는 네 엄마가 아니야.

어쩌면 그럴지도 모른다고, 단지 기억나지 않을 뿐인지 모른다고 생각하면서도 나는 아이의 기대를 꺾어 버렸다. 하지만 아이는 눈을 빛내며 말했다. 그렁그렁 눈물 맺힌 빛나는 눈으로.

"네가 진짜 유령이라면 우리 엄마도 어딘가에 존재한다는 말이잖아. 우리 엄마도, 어딘가에 분명히……."

그때서야 비로소 알게 되었다. 내가 왜 아이에게 희망이 될 수 있는지. 죽어서 사라진 존재를 그리워하는 마음. 그런 마음은 사람을 슬프게도 만들고 끝내 포기하게도 만든다. 하지만 아이는 포기하지 않았다. 아이는 나를 찾았다. 찾아냈다. 책의 숲길을 헤매고 헤매다 나를 찾아냈다.

너의 희망은 내가 아니야. 네가 가진 시간이지.

나는 아이에게 말로 전할 필요 없는 말들을 되뇌인다. 아이는 이미 시간을 체화하고 있다. 짧게 빛나는 그 시간 속에서 스스로 찾은 단어들과 문장들로 자신의 몸을 채우고 있다. 언젠가 저 밖으로 날아갈 글들. 누군가를 울고 웃게 하며 찢기거나 찬양받고 버려지거나 품어질 글들. 그 글들이 아이 안에서 살아 숨 쉬고 있다. 그러니 거기에 내 말을 더할 필요가 없다.

나는 그저 혼자 읊조린다.

네 손에 쥔 시간의 힘을 믿으렴.

영원히 울기엔 너의 시간이 너무 찬란하니까.

아이는 차분히 할 일을 마치고 자리에서 일어선다. 나는 아이가 향할 곳을 안다. 익숙한 걸음 소리가 들린다. 얇은 운동화 밑창이 나무 계단에 미끄러지듯 닿는 소리. 짙은 남색 바람막이 점퍼가 바스락거리는 소리. 그리고 아이의 숨소리.

이윽고 2층 창가 구석 책장 앞에 선 아이가 주변을 두리번거리다 묻는다.

"자?"

나는 일부러 대답을 하지 않는다.

"또 자?"

에휴. 아이가 한심하다는 듯 짧은 숨을 내뱉는다. 나는 웃는다. 그래, 너의 숨소리. 어느새 내가 가장 좋아하게 된 소리. 나의 피톤치드.

"쪼금만 자고 일어나. 오늘은 시간이 별로 없단 말이야."

아이가 같이 놀자고 조르는 소리가 공간을 깨운다. 책들이 기지개를 켜는 소리가 들린다.

봉긋봉긋 책등이 부풀어 솟는다.

시간이, 시간이 천천히 흐른다.

나의 숲에 평온이 깃든다.

나는 살며시 자애로워져서 누구라도 초대하고 싶은 기분이 든다. 당신에게 살짝 귀띔하고 싶어진다.

혹 유령이 머무는 숲에 가 보고 싶은가?

이곳에 오라, 이곳에 오라.

내가 이곳에 있다.

모든 사라진 것들은 도서관에 있다.

저는 요즘 '나에게 이제 천국은 수목원 안 도서관 같은 곳이 아닐까.'라는 생각을 종종 합니다. 책과 사람의 생명력이 울창한 숲을 이루어 시간을 느리게 흐르도록 만드는 곳, 때로는 유한한 시간을 애도하고 때로는 남겨진 시간의 희망을 찾기도 하는 그런 곳이요.

이 짧은 글에는 제가 그린 작은 천국의 일면이 담겨 있습니다. 저 혼자만 누리기엔 아까운 천국이라, 그곳으로 독자님들을 초대하고 싶었어요. 그러니 이 단편은 일종의 초대장입니다.

아주 오래전 저도 비슷한 초대장을 받아 본 적이 있었지요. 그래서 이 초대장에 시한이 없음을 알고 있습니다. 먼 길을 돌아 돌아 뒤늦게 도착해도 결코 문전박대 하는 법이 없죠. 언제라도 좋으니 부디 초대에 응해 주시길 바랍니다.

우리 그곳에서 꼭 만나요.

허진희

한밤에
만난

두 사람

황
영
미

황
영
미

『체리새우: 비밀글입니다』로
제9회 문학동네청소년문학상을 수상하며
작품 활동을 시작했다.
장편소설『모범생의 생존법』을 썼고,
사계절문학상 20주년 기념 앤솔러지
『모로의 내일』에 참여했다.

1

아까부터 이 생각만 났다. 전쟁이 일어났으면 좋겠다고. 아니면 초강력 좀비가 나타나서 우리 동네를 초토화시키거나.

나 혼자 죽기는 싫다.

어디를 가지? 갈 곳이 없다. 웹툰이나 영화를 보면 가출을 잘만 하던데, 그게 쉽나? 돈도 없는데? 이대로 콱 죽을 수도 없다. 그러니 전쟁이 터지길 바라는 거지. 전쟁이 일어나 봐야 엄마도 자식 소중한 줄을 알겠지.

집 반대 방향으로 걸었다. 처음 50미터쯤은 뛰었는데, 땀도 나고 숨이 차서 걷기 시작했다. 누가 날 따라오지도 않는데 뛰기 싫었다. 한 걸음 한 걸음 내디딜 때마다 무력감이 차올랐다. 목적지도 없이 걷다 보면 알게 된다. 나라는 인간이 진짜 아무

것도 아니라는 걸. 벌레만도 못 하다는 말이 있는데 벌레도 존재감은 있다. 나는 그 정도도 못 된다.

횡단보도를 건넜다. 내 옆으로 우리 학교 아이들이 우르르 뛰어갔다. 맞은편에 노란 학원 버스가 정차해 있다. 좋겠네, 학원도 다 다니고, 이 생각이 들었다.

사실 내가 좀 잘생기고 성격이 좋아서 다행이지, 그렇지 않았더라면 나는 일찌감치 일진이 되고도 남았을 것이다. 이런 집구석에서 사는 애들 중에 나만큼 고분고분한 중학생이 있으면 나와 보시지.

엄마는 내가 죽기를 바라는 거 같다. 이런 말을 하면 '에이, 설마. 아들이 죽기를 바라는 엄마가 세상에 어디 있겠어?'라는 반응이 쏟아지겠지. 사람들은 다른 사람의 인생을 쉽게 생각한다. 별 관심도 없고, 알지도 못하고, 알려는 노력도 안 하고 그냥 튀어나오는 대로 지껄일 뿐이다. 엄마한테 맞아 죽어서 뉴스에 나와야 '와, 미친! 저런 사연이 있었어?' 하며 그제야 호들갑을 떠는 거다.

이 생각을 하자 화가 치밀어 빈 벤치에 발길질을 했다. 세상에 날 알아줄 사람이 한 명도 없다. 동네 길고양이도 나랑 눈이 마주치면 거만하게 한번 쳐다본 후 제 갈 길을 간다. 근데, 아! 함부로 발길질하는 게 아니다. 나무 벤치인데도 발이 더럽게 아팠다.

어느새 공원으로 진입했다. 의도한 바는 아니지만 돈도 없고, 갈 곳도 없는 사람한테는 이런 장소가 무난하다. 누구도 나를 신경 안 쓰니까. 초여름 공원 옆 작은 운동장에는 아이들이 축구를 하고 있었다. 강아지와 산책 나온 사람들도 꽤 많았다.

만일 내가 시체로 발견된다고 해도 사람들은 끝내 내막을 알지 못할 것이다. 엄마는 기가 막히게 연기를 잘할 테니까. 눈물 콧물 흘리며 철철 울면 다들 하나뿐인 아들을 잃은 엄마를 위로하려고 들겠지. 원래 그렇다. 만화나 영화 같은 데서나 정의가 승리하지 실제 역사는 불의가 판을 친다.

이러니 내가 전쟁을 바랄 수밖에. 세상을 뒤집을 방법은 전쟁밖에 없다.

공원은 야산으로 이어져 있고, 중턱에는 지은 지 오래된 도서관이 있다. 야산 산책길은 운동에 열심인 어른들로 언제나 북적인다. 그냥 발길 닿는 대로 걸었다고 생각했는데, 내가 왜 여기를 올라왔는지 깨달았다.

저거다!

숲속 벤치에 먹다 만 과자 봉지와 탄산음료 병이 있었다. 이런 광경을 한두 번 본 게 아니다.

"이것들이 꼭 CCTV 없는 데서만 이러네."

청소부가 이렇게 말하며 빈 술병과 먹다 남긴 치킨 조각, 과자 봉지를 치우는 모습을 여러 번 보았다.

'아니, 저렇게 몰상식한 인간이 다 있나. 동네 주민의 공간인

숲에 쓰레기를 버리다니.'

나는 이런 생각을 하며 주변을 두리번거렸다. 저 아래 하산하는 한 무리의 아줌마들 말고는 아무도 없었다. 어디선가 새가 구구거렸다. 나는 잽싸게 벤치에 앉아 과자 봉지를 집어 들었다. 마치 내 것이었다는 듯이.

재벌 자식이 다녀갔나? 옥수수와 감자 스낵 두 봉지는 절반 넘게 남아 있었다. 나는 허겁지겁 먹기 시작했다. 음식은 입으로만 먹는 게 아니다. 달콤하고 고소한 향의 과자가 입으로 들어오니 온몸에 엔도르핀이 마구 분비되는 거 같았다. 갑자기 로켓을 타고 천국에 온 기분이었다.

'과자는 몰라도 먹다 만 탄산음료는 찜찜하지 않나? 누가 독을 넣었을 수도 있고, 코로나 바이러스가 침투했을 수도 있는데.'

이런 생각이 들었지만, 목이 말라서 절반쯤 남은 탄산음료도 꿀꺽 마셨다. 어차피 굶어 뒈질 텐데 이래 죽으나 저래 죽으나 깔끔 떨 상황이 아니었다.

사실 아침부터 아무것도 못 먹었다. 단축 수업이라 급식도 없었다. 일찍 집에 가서 아침에 늦잠 자느라 못 먹은 만두를 먹을 생각이었다.

집에 가니 엄마가 식탁에 앉아 밥을 먹고 있었다. 엄마는 동네 마트에서 밤 10시까지 일한다. 점심 먹고 나면 또 마트로 가야 한다. 나는 다녀왔다는 인사를 한 뒤 내 방으로 들어갔다.

그런데 방문을 닫다 쾅! 소리가 세게 났다. 나도 깜짝 놀랐다.

분명 살살 닫았다. 그런데 왜 쾅 소리가 났지? 금방 알았다. 엄마가 환기시키려고 내 방 창문을 열어 놓은 거였다. 바람이 들이치니 문이 세게 닫힐 수밖에. 나는 창문을 닫고 교복을 갈 아입었다.

방에서 나오니 엄마가 숟가락을 든 채 나를 째려봤다.

"그렇게 닫아서 문이 부서지겠어?"

비아냥대는 말투. 저런 말은 사람을 미치게 만든다.

"내가 뭘?"

오는 말이 고와야 가는 말도 곱다는 건 진리다. 엄마가 저렇게 나오니 나도 자동으로 언성이 높아졌다.

"아침도 안 처먹고 나가더니 대체 뭐가 불만이야? 사춘기라고 내가 오냐오냐 할 줄 알았어?"

엄마가 소리를 질렀다. 와! 너무 억울해서 그 자리에서 돌아가시는 줄 알았다.

내가 사춘기 반항이나 하려고 아침밥도 안 처먹었다고? 저런 시나리오는 대체 어떤 마음을 품어야 나오는 걸까? 엄마는 내 등교 시간을 모르는 건가? 하긴 모르겠지. 나한테 관심이 없으니까. 그러면서 자기가 열어 놓은 창문 땜에 방문이 쾅 닫힌 걸 왜 내 탓을 하지?

너무나 열 받아서 합리적인 변명을 할 틈도 없었다. 차분하게 말해 봤자 서두도 꺼내기 전에 엄마는 닥치라고 할 게 뻔했다.

이번에는 진짜 문을 쾅 닫고 집을 나와 버렸다. 어차피 엄마가 내 얘기를 듣지도 않을 텐데 같은 공간에 1초도 있기 싫었다.

먹을 게 들어오니 세상이 달라 보였다. 초록 나뭇잎 사이로 유월의 햇살이 연하게 비쳤다. 나무 냄새, 흙냄새에다 어딘가에 숨어 있을 동물들의 체취까지 더해져, 숲이 뿜어내는 싱싱한 생명의 냄새가 와락 느껴졌다.

과자를 먹기 전까지만 해도 절실했던 전쟁 따위는 이제 생각도 나지 않았다. 그래도 배가 고팠다. 간신히 허기만 면했을 뿐. 과자 말고 초코파이를 남겨 뒀으면 좋았을걸 이런 바람마저 들었다.

이제 뭘 하지? 해강이한테 전화를 걸고 싶은데, 휴대폰도 두고 나왔다. 아무리 열 받아도 휴대폰은 들고 나왔어야 했다. 젠장, 치밀하지 못한 성격은 엄마를 닮았다.

먹을 걸 찾아 조금 더 숲을 돌아다녀 볼까? 이 생각이 떠오르자마자 벤치에서 발딱 일어났다. 산 쪽으로 올라갔다. 높이가 100미터 조금 넘는 정상에는 약수터가 있고, 그 옆 평평한 공터에 여러 운동 기구들이 있다. 어쨌든 사람들이 모이는 곳에 몰상식한 인간들이 먹다 남긴 음식이 있을 가능성이 높다.

가파른 오솔길을 오르니 금방 정상이었다. 약수터에는 물통을 든 할아버지 한 분밖에 없었다. 눈으로 잽싸게 정자와 벤치를 스캔했다. 산꼭대기 정자에는 어른들이 모여 화투를 치거나 도시락을 싸 온 가족들이 앉아 있곤 했다. 그런데 오늘따라 개미 새끼 한 마리도 보이지 않았다. 청소부가 다녀간 듯 바닥도 깨끗했다. 먹고 남은 음식을 치우지 않는 몰지각하고 몰상식한 사람들은 다 어디로 간 걸까?

2

정자 평상에 누웠다. 등이 서늘했다. 하늘이 노랗게 보인다. 이건 과장이고, 배고파서 환장하시겠다. 아까는 전쟁 생각뿐이었는데, 지금은 온통 먹을 거 생각뿐이다.

어제 먹었던 치즈 돈가스가 떠올랐다. 저절로 침이 고였다. 우리 학교 급식은 맛있다고 소문났는데, 명성의 90프로는 돈가스 때문이다. 바싹한 튀김옷에다 달콤 짭짤한 소스는 웬만한 맛집을 평정하고도 남는다. 다른 반찬들도 다 맛있다. 프렌치프라이 빼고 감자를 좋아하는 아이가 있을까? 그런데 급식 반찬으로 나오는 알감자조림이랑 감자볶음은 완전, 대박, 어음—청 맛있다.

눈물 날 거 같다. 조금 있으면 저녁 먹을 시간이다. 다들 식탁에 앉아서 도란도란 이야기를 나누며 맛있는 밥을 먹겠지? 해강이네 저녁 메뉴는 또 고추장불고기일까? 해강이는 거의 매일 고추장불고기를 먹는다고 자랑했다. 부러운 녀석. 해강이네 부모님이 날 양자로 받아들이면 안 될까? 세상은 너무 불공평하다. 누구는 매일 고추장불고기 먹는데, 누구는 저녁 시간에 휴대폰도 없이 쫄쫄 굶으며 노인들의 아지트인 정자 평상에나 누워 있고. 젠장.

다 엄마 때문이다. 이런 엄마를 둔 내 팔자 탓이기도 하고.

엄마가 바람이 났다. 오해의 소지가 있는 표현인 건 안다. 하지만 바람 맞다.

유치원 다닐 때 아빠가 돌아가셨다. 치료를 해 볼 사이도 없이 암이 발견된 지 몇 달 만에 우리를 떠났다. 엄마는 두고두고 아빠를 원망했다. 자기는 속았다고. 사기 결혼이었다고.

미래에 자기가 암 걸릴 줄 아는 사람이 있기나 할까? 아빠가 병력을 속이고 결혼했다고? 이건 누가 봐도 억지다. 아빠는 엄마를 사랑해서 결혼했다. 운이 안 좋아서 병에 걸렸을 뿐이고. 그냥 엄마의 말버릇이다. 엄마는 무슨 일만 생기면 남 탓을 한다. 사는 게 힘들어서 그런 거라고 이해하고 싶은데, 해강이네도 우리 못지않게 가난하지만 해강이네 집 분위기는 완전 꽃밭이다.

초등학생 때는 엄마가 내 성적에 집착했다. 그런데 중학교에 들어와서는 뭔 짓을 해도 상위권이 되지 못할 걸 알아차린 후, 날 포기했다. 그냥 나를 귀찮아하는 거 같다. 그러거나 말거나 괜찮았다. 나는 나대로 재미있게 살면 되니까.

그러다 팀장 아저씨랑 '썸'을 타기 시작하면서부터 엄마는 나만 보면 못 잡아먹어서 안달이다. 날 쫓아내고 싶겠지. 그래야 그 아저씨랑 마음껏 연애도 하고 결혼도 할 테니까. 그런데 쫓겨나면 내가 갈 곳이 없다. 내 발로 보육원에 찾아갈 수도 없고 무작정 가출할 수도 없다. 사람들은 알아야 한다. 자식을 사랑하지 않는 엄마도 있다는 걸. 심심치 않게 뉴스에도 나오지 않나? 친자식을 패 죽이는 부모 말이다. 뭐, 엄마가 나를 패 죽이고 싶을 것 같지는 않다. 어쨌든 내가 이 정도로 생존의 위협을 받고 있다는 거다.

깜빡 잠이 들었다 깨니 정말 하늘이 노랗게 보였다. 정확히 노란색은 아니다. 해가 지고 있었다. 이제 산에는 나와 저쪽 운동 기구에 거꾸로 매달린 아저씨뿐이다. 이 외중에 잠을 자다니 나도 제대로 미쳐 가는군. 학교에서도 깜빡깜빡 졸기 일쑤다. 왜냐하면 밤에는 거의 잠을 못 잔다. 게임하느라.

평상에서 천천히 일어나서 하산 길에 접어들었다. 그러다 발견했다. 호젓한 오솔길 옆 벤치에 컵라면과 나무젓가락이 눈에 띄었다. 자세히 보니 절반쯤 남은 국물에 라면 몇 가닥이 남았다. 나는 그것을 집어 들고는 빠른 걸음으로 산을 내려왔다.

산 아래에는 공원 화장실이 있다. 나는 그곳으로 들어가 쓰레기통에 컵라면을 버렸다. 아무리 배가 고파도 나도 자존심이 있는 사람이다. 목에 칼이 들어와도 누군가 먹다 버린 컵라면을 먹을 수는 없었다. 남이 먹다 버린 과자는 먹으면서 컵라면은 왜 안 먹느냐고? 나도 모르겠다. 컵라면마저 먹으면 내가 너무 비참해질 거 같다.

그런데 이제 어디로 가지? 집으로 가기는 싫었다. 그렇게 나와 버렸으니, 엄마가 마트에 가지 않고 집에서 날 기다릴 수도 있다. 쫓아낼 구실을 드디어 찾았으니 신이 나서 이렇게 말하겠지.

'꼴좋다. 여기가 어디라고 기어 들어와? 아예 나가서 콱 뒈져 버리지.'

엄마는 막말 대회에 나가면 금메달 딸 사람이다. 마트에서는 친절하기로 소문났는데 나한테만 이런다.

어느새 사위가 어둑해졌다. 가로등이 켜진 공원에 산책 나온 사람들이 많았다. 반소매 티셔츠 차림이라 조금 으슬으슬했다. 낮에는 덥기만 하더니 날씨도 나를 안 도와준다.

잔뜩 웅크리고 걷는데, 내 옆으로 유아차가 지나갔다. 아기가 예뻤다. 유아차를 밀고 가는 아줌마도 예뻤다. 초여름 밤공기는 상쾌했고 공원도 아름답고 사람들도 멋졌다. 이 지구상에 오직 나만 구질구질한 거 같다. 슬프다. 문득 도로의 싱크홀 때문에 교통사고가 났다는 뉴스가 생각났다. 이 순간 나도 땅속으로 푹 꺼지고 싶다.

엄마랑 팀장 아저씨는 사귀게 될까? 이미 사귀는 사이일 수도 있다. 엄마가 퇴근해서도 계속 그 아저씨랑 오랫동안 통화를 하는 걸 보면. 내 방에 누워 있어도 다 들린다. 엄마의 그런 목소리를 들어 본 적이 없다. 나한테는 화만 내면서 그 아저씨랑 통화할 때는 아주 좋아 죽는다.

이러니 엄마가 바람났다고 하는 거다. 그 아저씨랑 결혼하고 싶은데, 내가 걸림돌인 거겠지. 그러니 나만 보면 죽이려고 달려드는 거겠지.

그때 머릿속에 번쩍하고 환한 희망이 비쳤다. 아! 여태까지 왜 그 생각을 못 했지? 이대로 죽을 내가 아니다. 도서관! 도서관이 있었다. 도서관 멀티미디어실에 가면 컴퓨터를 이용할 수 있다. 컴퓨터로 해강이한테 톡을 보내야지. 먹을 것 좀 싸 가지고 나오라고.

1층 어린이 자료실은 불이 꺼져 있었다. 나는 계단을 성큼 올라갔다. 2층에는 자료실과 열람실, 멀티미디어실이 있다. 곧장 멀티미디어실로 직진, 조용히 문을 열었다. 그런데 으악!

빈자리가 하나도 없었다. 30분 내로 일어날 사람이 있다면 문 앞에서 죽치고 기다리겠지만, 그럴 조짐이 보이는 사람이 단 한 명도 없었다. 죄다 모니터 앞에서 뼈를 묻을 것 같은 표정이었다.

힘이 다 빠졌다. 갈 곳이 없다. 이 시국에 자료실에서 책을 읽고 싶지는 않고. 할 수 없이 휴게실로 들어갔다.

휴게실에는 도시락을 먹거나 잡담을 나누는 사람들이 몇 있었다. 저쪽 구석 자리에서 혼자 밥을 먹는 형에게 다가가 '한 입만 주실래요?' 이런 말을 할 수도 없고, 참 나. 밥 냄새 때문에 더 우울해져서 휴게실을 나왔다. 그때 복도 귀퉁이에 있는 공중전화가 눈에 띄었다.

다행히 해강이 전화번호는 외운다. 수화기를 들고 콜렉트 콜로 전화를 걸었다. 그런데 신호가 금방 끊겼다. 그럼 그렇지. 하긴 내 휴대폰도 콜렉트 콜은 수신 차단으로 설정해 놨을 거다.

빈둥거리며 도서관을 돌아다녔다. 차마 열람실은 들어갈 수 없어서 자료실에 들어갔다가, 화장실에도 들어갔다가 했다. 누군가 나를 지켜봤다면 '저 애가 미쳤나?' 했을 것이다.

그러다가 1층으로 내려왔다. 향후 한 시간 내로 굶어 죽을 거 같다. 그럼 내일 뉴스에 나오겠지. '도서관에서 쓰러진 중학생, 응급차 이송 도중 끝내 숨져!' 이런 제목으로.

로비에는 어떤 할아버지가 신문을 읽고 있었다.

'할아버지, 저 죄송한데요, 집에서 쫓겨났거든요. 혹시 1500원만 빌려주실래요? 동전 없으면 2000원도 괜찮아요. 컵라면 사 먹고 싶어요. 돈은 꼭 갚을게요.'

이 말이 입 밖으로 튀어나오기 직전이었다. 할아버지랑 눈이 마주쳤으면 말을 하고도 남았을 것이다. 그런데 할아버지는 신문에 얼굴을 파묻은 채 한눈을 팔지 않았다. 저 할아버지도 쫓겨났나? 느낌이 그랬다.

'혹시 할아버지도 쫓겨나셨어요? 저랑 같은 처지시군요. 그런 의미에서 우리 편의점 가서 컵라면 같이 드실래요? 기왕이면 단무지도 곁들여서요. 오늘은 할아버지가 사 주시고 다음에는 제가 사 드릴게요.'

젠장. 이런 대사밖에 안 떠오른다. 나는 할아버지랑 멀찍이 떨어진 의자에 앉았다. 정말이지 능력 있으면 은행이라도 털고 싶다.

아니면 유서라도 써 놓을까? 저 몇 시간 후에 굶어 죽을 거예요. 그런데 그다음 말이 생각이 안 났다. 죽기 싫다. 그렇다고 살아서 뭐 하나? 할 일도 없다. 진짜 이 의자는 신문 읽는 일 말고는 할 일이 없는 자리다. 다시금 휴대폰이 간절했다.

그때 갑자기 요상한 냄새가 났다. 따뜻하고 달콤한 느낌의 향이었다. 빵 굽는 냄새인가 싶어 두리번거렸지만 냄새가 날 만한 출처가 없었다. 어디지? 나는 계속 도서관 이곳저곳을 스캔했다. 누가 아나? 어디서 제과 제빵 실습이라도 하고 있을지? 그럼 모른 척하고 다가가서 '엄청 맛있게 생겼네요. 제가 한번 시식해 드릴까요?' 이러면서 갓 구운 빵을 왕창 먹어 주면 된다.

혹시 내가 너무 굶은 나머지 정신 줄을 놓은 건가 싶어 팔등으로 코를 막았다. 제발 진지해지자. 생사가 달린 문제다. 저 냄새를 착각한 거라면 더 이상 구질구질하게 여기서 헤매지 말고 경찰서라도 찾아가지 뭐. 엄마가 나를 정신적으로 학대하니 살려 주세요, 이렇게.

팔을 내리고 다시 호흡을 했다. 아까보다는 덜하지만 여전히 냄새가 났다. '대체 어디예요?'라고 소리치고 싶었다.

그때 저쪽 어린이 자료실이 조금 이상하다는 걸 발견했다. 분명 잠시 전만 해도 불이 꺼져 있었다. 그런데 지금 보니 불빛이 보인다. 완전히 환하진 않지만, 형광등 몇 개가 켜져 있는 거 같았다. 직원이 퇴근 안 한 건가? 아니면 야근하려고 갓 구운 빵을 사 온 건가?

이 생각이 들자마자 의자에서 발딱 일어났다. 나는 어린이 자료실을 향해 성큼 걸었다. 빵이나 뭐 먹을 걸 기대하고 간다기보다 그냥 가 보는 거다. 갈 곳이 없으니까. 어차피 기대도 안 한다. 어린이 자료실은 원래 6시면 문을 닫으니까. 직원이 남아 있다고 해도 문을 잠갔을 것이다.

그런데 뭐지? 손잡이를 잡으니 문이 스르르 열렸다.

3

이끌리듯 어린이 자료실로 들어갔다. 짐작이 맞았다. 자료실 전체에 불이 켜진 게 아니었다. 사서 선생님이 앉는 데스크도 비어 있었다. 빵 냄새의 진원지가 여기가 아니겠군. 그런데 또 냄새가 나는 것 같기도 하고, 하여튼 애매했다.

나는 형광등 두 개가 켜진 구석 자리로 향했다. 조용한 자료실에 내 발소리가 저벅저벅 났다. 누구지? 야간 근무를 하는 사서일 수도 있고, 아니면 혹시 강도? 도둑이나 강도일 거라고 상상하면 겁이 나지만, 지금 내 처지에 뜯길 돈도 없다.

"아저씨 누구세요?"

나는 서가에서 책을 보고 있는 아저씨한테 말을 걸었다. 이 아저씨군. 도서관 규정 어기고 야밤에 불 켜고 있는 몰상식한 인간이. 확 신고해 버릴까? 그런데 휴대폰이 없다.

"어, 책 좀 보려고."

답을 하며 아저씨는 눈짓으로 어딘가를 가리켰다. 아저씨의 눈길을 따라가니 어떤 꼬마가 등을 돌린 채 바닥에 앉아 있었다. 책에 열중했는지 꼬마는 뒤를 돌아보지도 않았다.

"어린이 자료실은 6시까지인데요?"

"맞아."

아저씨는 흔쾌하게 대꾸했다. 잘못한 줄 아는 건가? 아저씨는 내 말에 해명도 하지 않았다.

"저 아이는 누군데요?"

"내 아들. 날 닮아서 귀엽지?"

"뒷모습만 보고 어떻게 알아요?"

"뒷모습도 귀엽잖아."

아저씨는 사랑을 듬뿍 담은 눈빛으로 아들을 바라보았다. 그러고 보니 도토리처럼 생긴 꼬마의 뒤통수가 귀여웠다.

"아들이 똥 얘기 나오는 동화를 좋아하는데, 신간이 나왔거든. 지금 그 책에 푹 빠져 있어. 몇 번이나 읽는지 몰라."

"그래도 이 시간에 들어오면 안 되잖아요. 아저씨는 어떻게 들어왔어요? 혹시 이 도서관에 근무하세요?"

내 말에 아저씨는 대답 없이 빙그레 웃었다. 나도 모르게 그 미소에 사로잡혔다.

살면서 저런 어른을 본 적이 있었나? 내가 무슨 말을 해도 다 받아 줄 것 선한 인상, 부드러운 말투. 없다. 세상 아이들의 표정이 비슷하다면 어른들도 비슷하다. 조금씩 화가 나 있고, 살짝만 건드려도 폭풍처럼 짜증 낼 준비가 되어 있는 얼굴들.

나는 이름도 모르는 아저씨랑 더 얘기하고 싶었다. 아까는 굶어 죽을 거 같았는데, 순식간에 허기가 사라졌다. 창가 의자에 앉았다. 저 꼬마랑도 말하고 싶은데, 아이는 동화책에 얼굴을 파묻은 채 단 한 번도 뒤돌아보지 않았다. 등에 강아지 캐릭터 무늬가 그려진 파란색 점퍼만 보일 뿐. 점퍼의 안경 쓴 강아지 캐릭터는 어디선가 본 듯도 했다.

아저씨도 내가 마음에 들었는지 내 앞자리에 앉았다. 아저씨는 서가에서 고른 동화책 『똥으로 그리는 그림』을 책상 위에 올려놓았다.

"너는 이 시간에 웬일이야?"

"아! 제가 쫓겨났거든요. 뭐, 쫓겨난 건 아니고 제 발로 나왔어요."

이 말을 하면 아저씨가 깜짝 놀랄 줄 알았다. 어른들의 반응은 거의 비슷하다. '어쩐지 문제아처럼 생겼더라니, 얼른 집에 들어가서 잘못했다고 싹싹 빌어.' 이렇게 호통치는 게 정답인 줄 안다.

그런데 아저씨는 내 말에 가타부타 말없이 웃기만 했다. 그 미소에 빨려 들어갈 것 같았다. 좋은 사람과 함께 있으면 밥을 안 먹어도 배가 부르다는 말이 그제야 실감 났다.

"근데 아저씨, 이상하죠? 제 발로 나왔는데 쫓겨난 기분이 들어요."

"왜?"

"그냥요. 엄마가 날 쫓아내고 싶어 하거든요. 내가 나가 뒈 졌으면 좋겠나 봐요."

이렇게 말하면 세상 모든 사람들은 한결같은 답을 내놓겠 지. '에이, 설마, 자식이 나가 죽길 바라는 엄마가 세상에 어디 있겠어? 네가 오해하는 걸 거야.'

"에이, 설마."

"아저씨도 똑같네요. 참 이상하죠? 왜 세상 사람들은, 엄마 는 무조건 자식을 사랑하고 자식한테 헌신적이라고 믿는 거 죠? 그렇게 믿다가 배신당하면 어쩌려고요?"

내 말에 아저씨는 뭔가를 생각하는 듯 잠시 말이 없었다. 그 러더니 나를 바라보며 고개를 끄덕였다. 아저씨가 내 말에 제 동을 걸지 않아서 주저리주저리 내 얘기를 털어놓았다.

"이제 내 인생은 끝났어요. 엄마는 그 아저씨랑 결혼하게 될 테고, 나는 버려지겠죠. 결혼은 안 하더라도 최소 사귀기는 할 거예요. 나는 이런 현실에서 도망가고 싶어서 매일 게임만 해요. 그래도 아침이면 현타가 와요. 나는 아무 힘도 없어요. 대들고 싶어도 엄마는 내 말을 들은 척도 안 하고 아니, 엄마는요, 내가 한국어에 유창하다는 걸 인정하려고 들지 않아요. 무슨 말을 하려고만 하면 주어를 꺼내기도 전에 당장 이렇게 반응해요."

"닥쳐! 그럴 거 같은데?"

"어? 어떻게 아셨어요? 맞아요. 닥쳐! 그래요. 엄마는 내가 하고 싶은 말도 못 하고 입 닥치고 살기를 바라는 걸까요? 그러다 언어 능력이 퇴화해서 실어증에 걸리기를 바라는 거겠죠?"

"에이, 설마."

"맞아요. 그 정도는 아닐 거예요. 그냥 내가 사라져 주기만을 바라는 거예요. 사라져서 내가 잘 살길 바라겠죠. 그래서 자기가 늙고 힘이 없어졌을 때 보살펴 주기를 원할 거예요."

'에이, 설마.'라는 말을 해 주길 바라면서 아저씨의 얼굴을 보았다. 그런데 아저씨는 슬픈 표정으로 나를 마주 보기만 했다. 왜요? 아저씨? 아저씨가 생각해도 내가 정곡을 찔렀죠? 내 생각이 맞죠?

잠시 나를 보던 아저씨가 손을 뻗더니 내 어깨를 툭툭 쳤다. 왜 이러는지 알 수 없으나 아저씨의 표정을 보니 눈물이 나려고 했다.

"혹시나 했지만, 역시…… 맞아요. 백 번도 더 생각했는데, 제 느낌이 맞아요. 저, 어릴 때 장난감 사 달라고 떼쓴 적 있거든요. 엄마는 당연히 안 사 줬죠. 그래서 내가 놀이터에 드러누웠어요. 뭐, 나도 떼쟁이였지만 엄마는요, 나를 한번 쓱 내려다보더니 그냥 가 버렸어요. 혼자 누워 있는데 얼마나 무서웠는지 아세요? 엉엉 울면서 집에 들어갔어요. 그다음부터는 납작 엎드렸죠. 엄마는 원래 그래요. 내가 사라져도 눈도 깜짝 안 할 거라고요."

아저씨는 내가 불쌍해 보이는지 또 한번 어깨를 툭툭 쳤다.

"그래서 지금도 무섭니?"

"그건 아니죠. 아니 무섭긴 해요. 엄마가 날 쫓아낼까 봐."

"엄마가 널 쫓아낼 거 같아?"

'네, 쫓아낼 거 같아요.' 이 말이 자동으로 튀어나올 줄 알았는데, 나는 잠시 생각을 해 보았다. 아저씨의 목소리가 진지해서 나도 아무 말이나 막 지껄이면 안 될 거 같았다.

"쫓아내지는 못하겠죠. 남들 눈이 있으니까. 제가 미성년자 잖아요."

"맞아. 함부로 못 쫓아낼 거야."

"아, 아! 생각났어요. 내가 뭐 때문에 화나고 불안한지 이제 알겠어요. 엄마 마음이 변해서 불안한 거예요. 전에는 안 그랬는데, 이제는 나를 귀찮아해요. 팀장 아저씨 때문이죠, 뭐. 원래 그래요. 마음이 중요해요. 엄마는 내가 제 발로 나가길 바라는 거 같아요."

"정말?"

"네, 정말요. 아니라는 뻔한 소리는 하지 마세요. 이런 건 겪어 봐야 알아요. 가출하는 애들이 집에서 쫓겨나서 가출하는 줄 아세요? 아닐걸요? 우리 학교에 가출한 애 있었는데, 걔 아빠가 매일 때렸어요. 제 발로 나가게 분위기를 조성해요. 집구석에서 단 1초도 못 버티게 만들어 놓는다는 말이에요. 암튼 그래요."

내 말에 아저씨가 한숨을 푹 쉬었다. 그러고는 들고 온 백팩을 열더니 부스럭부스럭 소리를 내며 뭔가를 찾아냈다.

"이거 먹을래?"

아저씨가 유산지에 싼 빵을 내밀었다. 뜯어 보니 사과파이였다.

"와! 이거 내가 엄청 좋아하는데. 이 냄새였군요. 제가 냄새에 홀려서 여기로 들어온 거예요."

사과파이를 한입 먹었다. 사과즙이 입안 가득 퍼졌다.

"빵 냄새 때문에 왔다고? 가방에 있던 빵 냄새가 자료실 바깥까지 났다고? 못 믿겠는데?"

아저씨가 장난스럽게 말했다.

"배고파서 죽는 줄 알았거든요. 그러니 저절로 개코가 된 거죠."

내 말에 아저씨가 하하하 웃음을 터뜨렸다. 우리는 마주 보고 웃었다. 맛있는 파이를 먹으며 농담을 하니 순간 행복감이 차올랐다. 한참 웃은 뒤 아저씨가 말했다.

"가출, 하지 마. 가출은 지는 거야. 누가 때리면 신고해. 어떻게 부모를 신고하느냐고 하겠지만, 어떻게 자식을 때릴 수 있어? 이 말도 가능해. 물론 신고했다가 더한 보복을 당할 수도 있지. 어쨌든 가출한 뒤 살아갈 대안이 없으면, 버티자고."

아저씨 목소리가 따뜻했다. 눈물이 나려는지 코가 시큰했다.

"마음 둘 곳 없으면 도서관에라도 와. 네 편이 되어 줄 많은 이야기들이 있어. 작가는 넘치는 사랑을 글로 표현하는 사람이야. 세상 사람들을 일일이 다 만나서 사랑할 수 없으니 글로 마음을 표현하는 거지. 쉽게 좌절하지 말라고. 너의 인생을 사랑하라고."

"책 읽으면 졸려요."

"졸리면 자면 되지 뭐."

아저씨 말에 이번에는 내가 하하 웃었다.

"잔소리처럼 들리겠지만, 네가 오해하는 걸 수도 있어. 우리는 타인에 대해 많은 오해를 하면서 살아. 생각해 봐. 너희 엄마 마음이 어떤지 확신할 수 있어? 아마 너희 엄마도 본인이 무슨 생각을 하고 뭘 느끼는지 정확히 모를걸? 이럴 때는 자꾸 마음을 확인하려고 하지 말고, 판단하려고 들지도 마. 잘은 모르지만, 평생에 걸쳐 매 순간 사랑을 느끼는 관계는 없는 거 같아."

아저씨가 하는 말을 이해하기는 어려웠지만 나는 고개를 끄덕였다. 이토록 맛있는 사과파이를 주는 아저씨라면 옳은 말만 할 것 같았다.

4

어떻게 집까지 왔는지 모르겠다. 현관문을 여니 엄마가 설거지를 하고 있었다. '자알한다, 자알해. 나가 죽어 버리지, 여기가 어디라고 기어 들어와?' 엄마가 이런 말을 할 타이밍이었다.

"자알한다, 자알해. 이 시간까지 어디를 싸돌아다닌 거야?"

엄마가 나를 쳐다보지도 않고 소리를 질렀다. 그때 세탁기 알림 소리가 났다. 엄마는 설거지를 하다 말고 세탁기가 있는 베란다로 나갔다.

나는 식탁 위에 있던 휴대폰을 들고 내 방으로 들어왔다. 휴대폰에는 엄마가 건 부재중 전화 1통과 해강이한테서 온 톡이 4개 있었다.

—프리스타일 어때? 콜?

—어? 아직 안 읽었네. 뭐 함?

—아프냐?

—자냐?

울컥 반가웠다. 당장 전화해서 해강이 목소리를 듣고 싶었으나 너무 늦은 시간이었다. 나는 성실하게 답문을 쓰기 시작했다. 그때 문밖에서 엄마가 소리를 질렀다.

"밥 안 처먹어?"

엄마는 늘 저런다. 나는 밥을 '먹는' 사람이지 '처먹는' 사람이 아니다. 허기보다 자존심이 중요한 나는 아무 대꾸도 안 하고 해강이한테 답문을 연달아 5개를 보냈다. 엄마가 노크도 없이 문을 열고 들어왔다. 빨래를 다 널었는지 손에 옷걸이를 들고 있었다.

"왜 대답을 안 해? 밥 먹을 거야, 안 먹을 거야?"

이번에는 '처먹을' 거냐고 하지 않는군. 그래도 대답하기 싫었다. 그냥 해강이 엄마처럼 '밥 차려 놨으니 먹어.'라고 말하면 안 되나?

"이 자식이 귓구멍에 말뚝 박았나? 왜 대답을 안 해?"

"말 좀 곱게 하면 벌금이라도 내? 왜 내가 이 자식이야?"

나는 엄마 눈을 똑바로 쳐다보며 담담하게 받아쳤다.

"째려보면 어쩔 거야, 응? 이 자식 버르장머리 좀 봐. 사춘기라고 봐줄 거 같아?"

어이가 없었다. 대체 누가 사춘기인가? 내가? '엄마가 사춘기야!'라고 말할까 하다가 말았다. 한마디 말도 섞기 싫었다.

"도대체 왜 이렇게 속을 썩이는 거야, 응?"

그 순간 엄마의 격앙된 목소리와 함께 옷걸이를 든 손이 올라갔다. 나를 때리려는 거다. 그러고 보니 엄마한테 몇 번 맞아 봤다. 등짝도 맞았고, 먼지떨이로 맞은 적도 있었다. 나는 나를 때리려는 엄마의 손을 잽싸게 잡았다.

"나, 때리지 마. 한 대라도 때리면 가정 폭력으로 신고할 거야."

엄마의 손목을 움켜잡은 채 말했다. 덤덤한 내 목소리에 엄마는 놀란 눈빛이었다. 잠시 후 엄마는 나에게서 손을 빼더니 내 방을 나갔다. 나는 해강이한테 마지막 이모티콘을 보낸 뒤 씻으려고 방을 나왔다.

"밥은 먹을 거야, 안 먹을 거야? 안 먹을 거면 치우려고."

기가 팍 죽은 목소리였다. 그 말을 들으니 배가 고팠다.

"묻는 말에 대답 좀 해 줘. 너, 요즘 엄마 말 자주 씹는 거 알아? 네가 대답을 안 하니 엄마도 열 받잖아."

웬일로 엄마가 이런 말을 다 하지? 이건 사과인가? 변명인가? 그러고 보니 내가 엄마 말을 씹기는 했다. 뭐, 엄마가 걸핏하면 화를 내는데, 어느 타이밍에 대답을 하란 말인가? 어쨌든 나도 잘못한 점이 있었던 거 같다.

"알았어. 밥 먹을게."

내 말에 엄마가 연하게 웃었다. 엄마의 저 미소, 거의 백 년 만에 보는 거 같다.

깨어 보니 새벽이었다. 몇 시에 잠들었더라? 김치볶음밥을 먹은 뒤 바로 잔 것 같은데. 오랜만에 깊은 잠을 잤다.

창밖은 아직 어둑했다. 더 잘까 싶었는데 정신이 맑았다. 기왕 일찍 깬 거, 백만 년 만에 예습이나 좀 해 볼까 싶어 가방을 챙겼다. 책꽂이를 뒤지다 보니 전에 사 놓고 풀지 않은 문제집이 눈에 띄었다.

문제집을 가방에 넣고, 마음먹은 김에 플래너도 꺼냈다. 해강이한테 생일 선물로 받은 거다. 도서관에서 만난 아저씨랑 얘기하면서 답답했던 마음이 조금 풀렸다. 나도 희망이 생겼다.

학교 가면 해강이한테 말해야겠다. 기숙사가 있는 특성화고에 갈 거라고. 그 학교는 교복도 공짜, 기숙사비까지 전액 무료다. 좋은 건 아는데, 지금 내 성적으로는 무조건 불합격이다. '열공' 할 이유가 생겼다.

이런 정보를 그 아저씨가 알려 준 건 아니다. 아저씨랑 얘기하면서 마음의 안개가 걷히니 미래가 보였다. 그런데 생각해 보니 그 아저씨가 어쩐지 낯이 익었다. 그때였다.

책상 벽에 다닥다닥 붙어 있는 사진들이 눈에 띄었다. 해강이와 같이 찍은 사진이 많았다. 가족사진도 세 장 있었다. 한 장은 엄마 아빠와 셋이 찍은 내 돌 사진, 한 장은 유치원 입학식 사진, 나머지 한 장은 병실에서 찍은 사진이다.

사진 속 엄마와 아빠 그리고 나는 투병 중인 아빠 병원 침대에 나란히 앉아 있다. 중간에 앉은 나를 엄마와 아빠가 꼭 껴안고 있다. 그날이 기억났다. 아빠 간병 때문에 엄마는 거의 병원에서 살았다. 이모 집에 맡겨졌던 나는 오랜만에 면회가 허락되어 병원에 간 거였다. 사진 속 아빠는 깡말랐다. 엄마도 아빠랑 쌍둥이인 것처럼 말랐다.

그날이 아빠를 본 마지막 기억이다. 말기 암 환자인 아빠와 오랜 간병에 지친 엄마 그리고 친척 집에 맡겨진 내가 카메라 앞에서 마지막 가족사진을 찍은 봄날이었다. 죽음과 상실의 배경 앞에서 우리는 활짝 웃고 있다. 입술만 움직여 웃는 게 아니라 셋 다 행복이 충만한 표정이다. 그날 아빠는 별로 웃기지도 않은 농담을 했고, 엄마는 깔깔 웃었다. 나도 같이 웃었다.

벽에 걸려 있어도 애써 외면했던 사진이었다. 나는 액자를 떼어 자세히 들여다보았다. 아! 그런데 뭐지? 병실 사진 속 내가 파란 점퍼를 입고 있다. 안경 쓴 강아지 캐릭터가 앞주머니와 팔, 등에 그려져 있던 바로 그 점퍼.

소름이 돋았다. 나는 벽에 걸린 유치원 입학식 사진을 쳐다보았다. 아빠, 아빠다. 도서관에서 만났던 아저씨는 아빠였다. 오랜 투병으로 깡마른 모습만 기억했던 터라 건강했던 아빠 모습을 몰라봤다. 어쩐지 마음이 끌리더라니.

책을 읽던 꼬마는 나였단 말인가? 아마도 그렇겠지. 유치원 시절 나는 똥 얘기 나오는 동화책을 엄청 좋아했다. 이제야 기억나다니. 『똥으로 그린 그림』은 아빠가 어린이날 선물로 사 준 책이었다. 그 책은 거실 서랍장에 꽂혀 있다. 몇 번 이사를 다니면서도 엄마는 그 그림책만은 버리지 않았다.

그렇다면 꿈이었나? 아닐 텐데. 내가 휴대폰도 없이 집을 나간 건 분명한 현실이다. 집에 와서 엄마랑 있었던 일도 현실이고. 도서관에서의 일이 꿈이라면 그 시간에 나는 어디에 있었던 거지?

너무 배가 고파서 헛것을 봤던 걸까? 아무리 생각해도 모르겠다. 학교 가서 해강이한테 말해 봐야지. 해강이는 꿈이 아니라고 할 것 같다. 전에 해강이가 이런 말을 한 적이 있다. 세상에는 기적이라는 게 있다고. 믿지 않는 사람한테는 기적이 일어나지 않지만, 간절한 사람한테는 일어나기도 한다고.

─해강아. 까먹을까 봐 미리 톡 보낸다. 할 말 있어. 학교에서 만나면 얘기 좀 해.

나는 예약 전송 버튼을 눌렀다. 8시 30분이 적당했다. 아무리 늦잠을 자더라도 그 시간에는 일어나겠지.

해강이랑 만나서 얘기할 생각을 하니 벌써부터 설렌다. 해가 떴나? 창밖의 어둠이 사라진 것 같다. 나는 창문을 활짝 열었다. 초여름 아침 공기가 와락 방 안으로 밀려들었다.

　청소년이 사회적 약자라는 사실이 종종 외면당하는 거 같아요. 태도가 불량하고, 욕도 하고, 버릇도 없으니 어른처럼 보이나 봅니다.

　하긴 덩치 큰 아이가 침을 뱉거나 눈을 부라리며 대들면, 이들이 법으로 보호받는 미성년자라는 사실을 떠올리기가 쉽지 않겠지요. 인권 감수성이 발달한 나라에서도 청소년을 존중하는 문화는 정착되지 않은 듯합니다.

　10대를 특별히 좋아하는 제 입장에서는 청소년을 혼내거나 야단치지 않기 운동이라도 했으면 좋겠어요. 복잡한 감정을 언어화하지 못했을 뿐, 반듯하고 속 깊은 아이들이 많거든요. 잘못이나 실수를 했을 때는 야단치기보다는 만회할 방법을 상의하는 게 좋지 않을까요.

　청소년의 복잡한 내면을 훤하게 이해하고 수용하는 어른이고 싶어요. 이 작품은 그런 사람이 될 수 있게 도와주는 도서관에 대한 이야기입니다. 가난하고, 불우하고, 이 행성에 잘못 착륙한 외계인처럼 절대 고독에 놓였을 때, 손을 내밀어 주는 책들이 있어서 이 세계를 견딜 수 있었어요. 막다른 골목에서도 인간의 품위와 존엄을 유지할 수 있게 새 길을 열어 주는 도서관이 있어서 다행입니다.

황영미

행	캉	궁		벅	윙	짜	휘	냐	겨	헝	어
공	앗	번	량	맹	런	옹	샤	령		아	람
아		우	리	가	아	주	예	뻤	을	때	옹
춍	구	문	상	혜	이		께	리	링	곳	랏
라	덩		신	웅	하	렁	고		백	에	
롸	공	어	현	터	,문	투	랑	토	롸	곳	걔
셔	혀	더	이	상	도	토	리	는	없	다	그
햇	깡	녓	왕		쩌	거	밤	짜		샤	샷
걍	윙	헝	싱	미	허	진	희	여	댜	세	한
휘		전	냥	혜	겨	껑	없	엇	덜	겨	밤
림	황	황	혜	홀	혜	캬		방	컹	컹	에
샹	드	영	쌌	뱡	쟈	해	채	샹	거	락	만
윙	쟀	미	옷		옷	링	내	핫	리		난
욤	항	혜	홀	회	짜	멍	기	거	는	공	두
앙		훵	껑	최	상	희	싱	캉	죤	쩡	사
닝	랍	김	몽	귀	몬		러	티	재	컨	람
왕	엉	려	꾸	랑	반	짜	햐	깅		허	희
둥	유	령	이	머	무	는	숲	계	항	삐	고
드	게		희	명	문	햐	쩡		샥	영	쩍
걍	둥	양	영	게	앗	쟉	휘	김	해	윈	
	샹	렁	유	벡		웬	쳐	키	랏	뭔	터